"Mas, primeiro, na terra como um vampiro enviado
De sua tumba teu cadáver será rasgado:
Então horrivelmente assombrará teu lugar nativo,
E chupará o sangue de toda a tua raça;
Lá, da tua filha, irmã, esposa,
À meia-noite, drenará o fluxo da vida.
No entanto, abomina o banquete que forçosamente
Deve alimentar o teu cadáver vivo:
Tuas vítimas, antes que elas ainda expirem,
Conhecerão o demônio como seu pai,
Como te amaldiçoando, tu as amaldiçoando,
Tuas flores murcharam no caule."[1]

O Giaour, 1813, Lord Byron

---

1 "But first, on earth as Vampire sent / Thy corse shall from its tomb be rent: / Then ghastly haunt thy native place, / And suck the blood of all thy race; / There from thy daughter, sister, wife, / At midnight drain the stream of life; / Yet loathe the banquet which perforce / Must feed thy livid living corse: / Thy victims ere they yet expire / Shall know the demon for their sire, / As cursing thee, thou cursing them, / Thy flowers are withered on the stem." — The Giaour, 1813, Lord Byron.

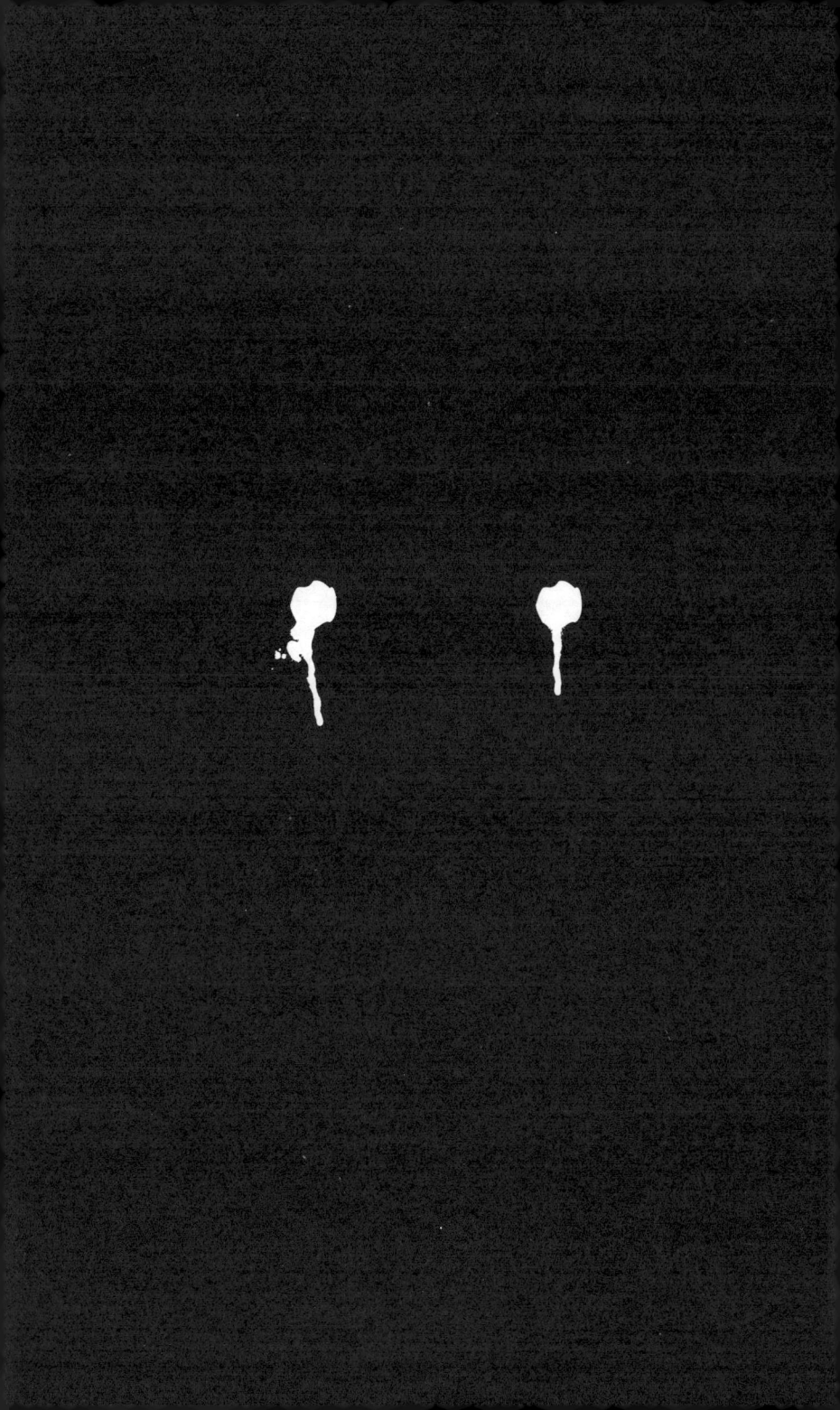

Copyright © 2023 Pandorga

All rights reserved.
Todos os direitos reservados.
Editora Pandorga
5ª Edição | 2023

Título original: *Carmilla*
Autor: Joseph Sheridan Le Fanu

Diretora Editorial
Silvia Vasconcelos

Editora Assistente
Jéssica Gasparini Martins

Projeto Gráfico
Rafaela Villela
Lilian Guimarães

Capa
Rafaela Villela

Diagramação
Lilian Guimarães

Tradução
Giovana Mattoso
Regina Nowaski

Revisão
Michael Sanches
Vitor Coelho

Dados Internacionais de Catalogação na Publicação (CIP) de acordo com ISBD

F218c   Fanu, Joseph Sheridan Le

Carmilla: a vampira de Karnstein / Joseph Sheridan Le Fanu ; traduzido por Giovana Mattoso. - Cotia : Pandorga, 2021.
176 p. : il. ; 14cm x 21cm.

ISBN: 978-65-5579-104-4

1. Literatura inglesa. 2. Vampiros. I. Matoso, Gabriela. II. Título.

CDD 823
2021-979
CDU 821.111-31

Elaborado por Vagner Rodolfo da Silva - CRB-8/9410

Índice para catálogo sistemático:
1. Literatura inglesa 823
2. Literatura inglesa 821.111-31

SHERIDAN LE FANU

Carmilla
A VAMPIRA DE KARNSTEIN

2ª edição

PandorgA

Sumário

Vampiros, a essência do gótico

Carmilla

	Prólogo	19
I	Um primeiro horror	21
II	Um convidado	27
III	Comparamos relatos	36
IV	Seus hábitos - um passeio	44
V	Uma semelhança impressionante	57
VI	Uma agonia muito estranha	62
VII	Descendente	67
VIII	Busca	74
IX	O doutor	79
X	Luto	85
XI	A história	89
XII	Um pedido	94
XIII	O lenhador	100
XIV	O encontro	106
XV	Provação e execução	112
XVI	Conclusão	116
	O autor	122

O Vampiro

Excerto de uma carta ao editor, de Genebra — 129

Introdução — 137

O Vampiro — 141

Excerto de uma carta, contendo um relato sobre a residência do Lord Byron na Ilha de Mitylene — 169

Vampiros, a essência do gótico

É impossível não se saber nada sobre vampiros. A criatura com presas que se alimenta de sangue humano faz parte da cultura popular há séculos. Originária na Europa, segundo folcloristas, a crença nos vampiros era difundida também por toda a Ásia, mas constitui uma lenda principalmente eslava e húngara; os relatos se multiplicaram na Hungria entre 1730 e 1735.

Um mito que perpassa centenas de anos não é fácil de definir. Geralmente, conta-se que se trata da alma atormentada que sai do túmulo à noite, muitas vezes na forma de morcego, para beber sangue humano. Na maioria das representações, os vampiros são "mortos-vivos", ou seja, revividos de alguma forma após a morte. Quando o sol começa a despontar, ele deve voltar para seu túmulo ou caixão. Suas vítimas também se tornam vampiros depois que morrem.

Embora muitas culturas possuam superstições sobre mortos-vivos que se alimentam de sangue, o vampiro da mitologia eslava é o que representa o conceito de vampiro da cultura popular até os dias de hoje. A crença em vampiros chegou a um ponto nessa região que levou a rituais como estacar cadáveres através do coração antes de serem enterrados. Em algumas culturas, os mortos eram enterrados de bruços para evitar que encontrassem o caminho para fora de seus túmulos.

Embora no século XX os vampiros tenham se tornado criaturas de fantasia, os mitos urbanos sobre eles continuaram a persistir. No início do século XX, algumas aldeias na Bulgária ainda praticavam empalamento de cadáveres e, até os anos de 1960 e 1970, acreditava-se que um vampiro assombrava o cemitério de Highgate, em Londres.

A imagem do vampiro que hoje se tem na ponta da língua parece ter se originado, em grande parte, pela literatura gótica europeia, dos séculos XVIII e XIX, na época em que a histeria dos vampiros estava em seu auge na Europa. Figuras vampíricas apareceram na poesia do século XVIII, como o poema *Der Vampyr*, de Heinrich August Ossenfelder (1748), sobre um narrador aparentemente vampírico que seduz uma donzela inocente. Mais poemas de vampiros começaram a aparecer na Inglaterra, na virada para o século XIX, como o de John Stagg, *The Vampyre* (1810) e o de Lord Byron, com *The Giaour* (1813).

Acredita-se que a primeira história de vampiros em prosa publicada em inglês seja de John Polidori, *O Vampiro* (1819), sobre um misterioso aristocrata chamado Lord Ruthven que seduz mulheres jovens apenas para drenar o sangue delas e desaparecer. Essas obras e outras inspiraram importantes histórias de vampiros, que incluem, por exemplo, *Carmilla* de Sheridan Le Fanu, que estabeleceu a vampira *femme fatale*.

Ainda que *Drácula* seja, indiscutivelmente, a obra mais importante de ficção vampírica, trazendo as características que se enraizaram no imaginário popular como: vampiros com habilidades sobrenaturais, que incluem desde controle da mente até mudança de forma; uma linhagem nobre e aristocrata; e uma origem leste-europeia, *Carmilla* é inovador pelo caráter enigmático dado à personalidade do vampiro, do qual muito se valerá a personagem de Stoker.

THE

VAMPYRE;

A Tale.

LONDON:

PRINTED FOR SHERWOOD, NEELY, AND JONES,

PATERNOSTER-ROW.

1819.

[Entered at Stationers' Hall, March 27, 1819.]

Página de rosto de *O Vampiro*, 1819, por Sherwood, Neely e Jones, Londres.

Carmilla

Carmilla é uma das melhores histórias de vampiros em língua inglesa. É bem mais curta do que muitos romances do gênero e não se preocupa com as aparências clichês do vampirismo — as presas afiadas, o sangue. O terror da história está em seu suspense, a contenção e o medo, mas ainda conta com todos os elementos tradicionais familiares: o castelo solitário na Estíria, a donzela inocente como vítima, os pesadelos com o sobrenatural e a dualidade do bem contra o mal.

Publicada pela primeira vez em 1872, na revista *Dark Blue*, no formato de folhetim, é considerada ao lado da obra de Polidori como uma das primeiras escritas sobre vampiros. Mas o pioneirismo não acaba por aí, é a primeira a ser protagonizada por uma vampira, apresentando, além da atmosfera gótica, um erotismo que marcou época e inspirou Bram Stoker a escrever *Drácula*.

Assim como os outros, tem como base a rica tradição folclórica do leste europeu, e rapidamente tornou-se uma das novelas góticas mais populares do século XIX. É possível notar em *Carmilla* algo da lenda irlandesa *banshee*, o que não seria impossível já que o autor era irlandês. O *banshee* é um espírito irlandês que assombra uma família e prediz ou anuncia a morte de seus membros. Como o *banshee*, Carmilla se sente atraída pela família de Laura e é sua ancestral distante.

Isolada em uma mansão remota em uma floresta da Europa central, a inocente Laura sente-se muito solitária e anseia por companhia, até que um acidente de carruagem traz Carmilla para sua vida.

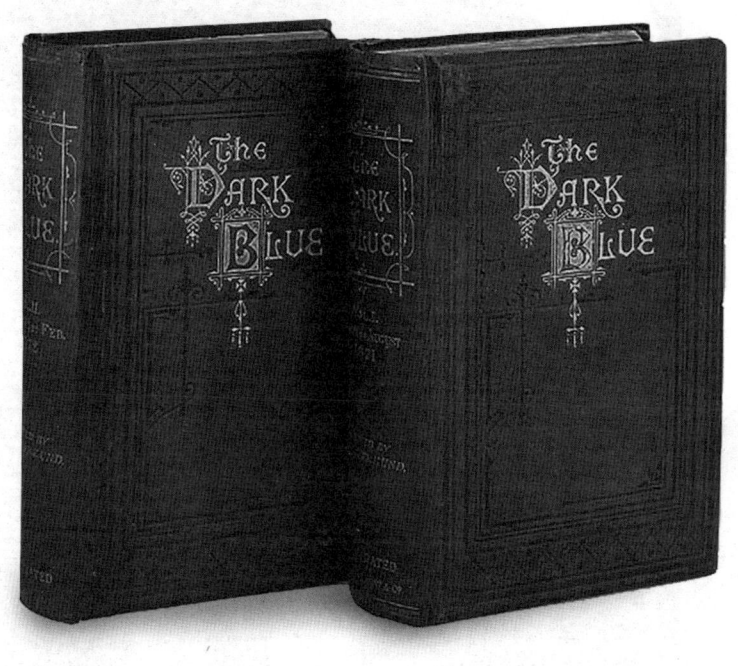

The Dark Blue, Vol.s I & II, March to August 1871,
& September 1871 to February 1872.

Carn

nilla

Mircalla ataca a adormecida Bertha.
Ilustração do *The Dark Blue* de D. H. Friston (1872).

Prólogo

Sobre um papel preso à narrativa que segue, doutor Hesselius escrevera um recado elaborado, acompanhado da referência para o seu ensaio sobre o estranho assunto que o doutor esclarece.

Esse misterioso assunto do qual ele trata, naquele ensaio, com seu aprendizado e perspicácia usuais e com sua objetividade e condensação memoráveis, formará um volume da série de uma coleção de trabalhos de um homem extraordinário.

Enquanto publico o caso, neste volume, simplesmente para interessar os "leigos", não devo impedir a dama inteligente, relacionada a ele. E após devida consideração, determino, então, abster-me de apresentar qualquer resumo do raciocínio do doutor ou de extrair de suas declarações um assunto que ele descreve como "envolvente, não como improvável, um dos profundos arcanos da nossa dupla existência, e seus intermediários".

Eu estava ansioso por descobrir este trabalho, em reabrir a correspondência iniciada por doutor Hesselius, tantos anos antes, com uma pessoa tão inteligente e cuidadosa quanto sua informante parecia ser. Lamentavelmente, contudo, descobri que a correspondente havia morrido nesse intervalo.

Ela, provavelmente, poderia ter contribuído para a narrativa que se comunica nas páginas que seguem, com, até onde posso dizer, tamanha particularidade de consciência.

Um primeiro horror

Na Estíria, nós, embora não fôssemos um povo magnífico, habitávamos um castelo, ou *schloss*[1]. Uma pequena renda, naquela parte do mundo, vale muita coisa. Oitocentos ou novecentos por ano fazem maravilhas. Embora pouca, tal quantia nos coloca entre as pessoas prósperas da casa. Meu pai é inglês, e carrego um nome inglês, ainda que nunca tenha visto a Inglaterra. Mas aqui, neste lugar solitário e primitivo, onde tudo é tão maravilhosamente barato, eu realmente não vejo como tanto dinheiro assim, de qualquer forma, poderia contribuir materialmente para o nosso conforto ou (até mesmo) luxo. Meu pai estava a serviço da Áustria, se aposentou com uma pensão e seu patrimônio, e comprou esta residência feudal e a pequena propriedade na qual ela se encontra — uma barganha.

Nada poderia ser mais pitoresco ou solitário. Ela fica em uma pequena elevação em uma floresta. A estrada, muito antiga e estreita, passa em frente a sua ponte levadiça, que nunca se ergueu em meu tempo, e ao seu fosso, cheio de poleiros e navegado por

---

[1] Construções góticas, semelhantes aos castelos. (N. E.)

muitos cisnes, e no qual, flutuando em sua superfície, estava uma branca frota de ninfeias.

Além de tudo isso, o castelo mostra sua fachada com várias janelas, suas torres e sua capela gótica.

A floresta se abre em uma clareira irregular e muito pitoresca em frente ao seu portão. E, à direita, uma íngreme ponte gótica conduz a estrada sobre um córrego, que flui da densa sombra através do bosque. Eu disse que esse era um lugar muito solitário. Julgue se digo a verdade. Olhando da porta da entrada para a estrada, a floresta na qual se situa nosso castelo se entende por vinte e quatro quilômetros à direita e dezenove à esquerda. O vilarejo habitado mais próximo fica a cerca de sete milhas inglesas à esquerda. O *schloss* habitado mais próximo com alguma relevância histórica é aquele do antigo general Spielsdorf, aproximadamente trinta e sete quilômetros à direita.

Eu disse "o vilarejo habitado mais próximo", porque há um, a apenas cinco quilômetros a oeste, isto é, na direção do *schloss* do general Spielsdorf. Um vilarejo em ruínas, com sua igrejinha singular, agora destelhada, em uma ala onde estão as tumbas apodrecidas da família de Karnstein, hoje extinta, que um dia possuía um castelo igualmente desolado, o qual observa, do interior da floresta, as ruínas silenciosas da cidade.

Respeitando a causa da deserção desse impressionante e melancólico lugar, há uma lenda que devo lhe contar em um outro momento.

O que devo lhe dizer agora é sobre o quão pequeno era o destacamento constituído pelos habitantes de nosso castelo. Eu não incluo serviçais ou aqueles dependentes que ocupam quartos nas construções anexas ao *schloss*. Ouça e imagine! Meu pai, que é o homem mais gentil da terra, mas que está envelhecendo, e eu, na data de minha história, com apenas dezenove anos. Oito anos se passaram desde então.

Eu e meu pai constituímos a família do *schloss*. Minha mãe, uma moça estíria, morreu em minha infância, mas tenho uma preceptora bondosa, que esteve comigo, posso dizer, quase que desde o início de minha vida. Não consigo me lembrar do tempo em que sua gorda e bondosa face não era uma figura familiar em minha memória.

Essa era madame Perrodon, nativa de Berna, cujo cuidado e bondade agora em parte supria a perda de minha mãe, da qual eu sequer me lembro, tão cedo a perdi. Ela era o terceiro membro de nosso pequeno grupo durante o jantar. Havia uma quarta, mademoiselle De Lafontaine, uma moça que creio que vocês chamem de "professora de etiqueta". Mademoiselle falava francês e alemão; madame Perrodon, francês e um inglês arranhado, ao qual meu pai e eu acrescentávamos o inglês, que falávamos todos os dias, em parte, para prevenir que se tornasse um idioma perdido entre nós, e, em parte, por motivos patrióticos. A consequência era uma Babel, da qual estranhos costumavam rir e da qual eu não devo tentar reproduzir nesta narrativa. E além disso, havia duas ou três jovens amigas, bem próximas da minha idade, que eram visitantes ocasionais, por períodos curtos ou longos. Visitas as quais eu por vezes retribuía.

Esses eram nossos recursos sociais regulares. Mas, claro, havia visitas casuais de "vizinhos" que habitavam a apenas vinte e cinco ou trinta quilômetros. Minha vida era, não obstante, bastante solitária, posso lhe garantir.

Minhas preceptoras tinham tanto controle sobre mim quanto você pode imaginar que sábias pessoas teriam sobre uma garota bastante mimada, cujo único pai permitia que ela fizesse quase tudo o que queria.

A primeira ocorrência em minha existência, a qual produziu uma terrível impressão em minha mente, e que, de fato, nunca fora apagada foi um dos incidentes mais precoces do qual posso me lembrar. Algumas pessoas pensarão que é tão trivial que não deveria ser registrado aqui. Você verá, de qualquer forma, pouco a pouco, por que eu o menciono. O berçário, como era chamado, mesmo que só para mim, era um quarto grande no andar superior do castelo, com um telhado íngreme de carvalho. Eu não deveria ter mais de seis anos, quando uma noite acordei e, olhando de minha cama para o quarto, não conseguia ver a babá. Minha babá nem estava lá. E pensei que estava sozinha. Não estava amedrontada, pois era uma daquelas crianças felizes que eram mantidas cuidadosamente afastadas das histórias de fantasmas, de contos de fadas e de todas as tradições que nos fazem cobrir nossas cabeças quando uma porta range repentinamente, ou quando a cintilação de uma vela apagando faz com que a sombra da cabeceira da cama dance na parede, próxima às nossas faces. Estava irritada e insultada ao me encontrar, como presumi, negligenciada e comecei a choramingar, preparando-me para um ataque estrondoso, quando, para minha surpresa, vi uma face solene, mas muito bela, olhando para mim do lado da cama. Era uma jovem ajoelhada, com suas mãos sob a colcha. Eu olhei para ela com uma espécie de encanto e parei de choramingar. Ela me acariciou com suas mãos, deitou ao meu lado na cama e me atraiu para perto, sorrindo. Imediatamente me senti prazerosamente acalmada e dormi novamente. Fui acordada por uma sensação de que duas agulhas estivessem sendo cravadas em meu peito de uma forma muito profunda e ao mesmo tempo, gritei bem alto. A moça recuou, com os olhos fixos em mim, e então escorregou para o chão, e, como pensei, escondeu-se debaixo da cama.

Eu estava agora, pela primeira vez, apavorada. E gritei com todo meu poder e força. Ama, babá, governanta... Todas vieram correndo e, ouvindo minha história, fizeram pouco caso, enquanto me acalmavam o quanto podiam. Porém, criança como eu era, podia perceber que suas faces estavam pálidas com uma aparência incomum de ansiedade. E as vi olhando debaixo da cama e pelo quarto, espreitando por debaixo das mesas e averiguando os armários abertos. E a governanta sussurrou para a ama:

— Passe a sua mão naquela depressão do colchão. Alguém se deitou ali, é certo que não foi você. O lugar ainda está quente.

Eu me lembro da babá me acariciando, e todas as três examinando o meu peito, onde eu disse que senti a pontada. Ela disse que não havia sinal visível de que coisa alguma acontecera comigo.

A governanta e as duas outras criadas que estavam responsáveis pelo berçário permaneceram acordadas por toda a noite. E, desde então, uma criada sempre permaneceu acordada no berçário até os meus quatorze anos.

Fiquei muito nervosa por um bom tempo depois disso. Um médico foi chamado, ele era pálido e idoso. Quão bem me lembro de sua face saturnina, levemente pintada pela varíola, e sua peruca castanha. Por um bom tempo, a cada dois dias ele vinha e me medicava, o que claramente eu odiava.

Na manhã seguinte a desta aparição eu estava em estado de terror e não poderia suportar ser deixada sozinha, mesmo durante o dia, por um momento sequer.

Lembro-me de meu pai ter vindo e ficado ao pé da cama, falando alegremente, fazendo à ama uma série de perguntas e rindo muito sinceramente a uma das respostas. E dando leves batidinhas em meu ombro e me beijando, disse para que eu não ficasse assustada, que não era nada além de um sonho que não poderia me fazer mal.

Mas eu não consegui ficar confortada. Pois sabia que a visita da mulher desconhecida não tinha sido um sonho. E estava terrivelmente apavorada.

Fui um pouco consolada pela babá me assegurando que fora ela quem tinha vindo, e olhado para mim e deitado ao meu lado na cama e que eu deveria estar sonolenta para não a ter reconhecido. Mas isso, mesmo sustentado pela ama, não me satisfez exatamente.

Lembro-me, no curso daquele dia, de um velho senhor venerável, em uma batina preta, entrando no quarto com a ama e a governanta; ele conversou um pouco com elas e muito gentilmente comigo. Sua face era muito doce e gentil, e ele me disse que nós iríamos orar, juntou as minhas mãos e pediu para que eu dissesse, baixinho, enquanto eles oravam "Senhor, ouça todas as boas preces por nós, pelo amor de Jesus". Acho que essas eram as exatas palavras, porque eu frequentemente as repetia para mim, e minha ama, por anos, costumava me fazer dizê-las em minhas preces.

Lembro-me tão bem da face doce e atenciosa daquele homem de cabelos brancos, em sua batina preta, enquanto permanecia naquele quarto rústico, alto e marrom, com uma mobília de trezentos anos ao seu redor, e da luz escassa entrando em sua atmosfera sombria através da pequena grade. Ele se ajoelhou com as três mulheres ao seu lado e orou em voz alta com uma voz trêmula e sincera pelo que me pareceu um bom tempo. Esqueci de toda minha vida antes daquele evento, e o que me aconteceu certo tempo depois desse ocorrido também é obscuro em minha memória. Mas as cenas que acabei de descrever permanecem vívidas como imagens isoladas de fantasmagoria cercada de escuridão.

Um convidado

Agora lhe direi algo tão estranho que requererá toda sua fé em minha sinceridade para acreditar em minha história. Não é apenas uma verdade, no entanto, mas sim uma verdade da qual eu fora testemunha ocular.

Era uma doce noite veranil, e meu pai me pediu, como às vezes fazia, para dar um pequeno passeio com ele pela linda floresta que mencionei compor a frente do *schloss*.

— General Spielsdorf não poderá vir até nós tão cedo quanto eu esperava — disse meu pai, enquanto prosseguíamos em nossa caminhada.

Ele nos faria uma visita por algumas semanas, e aguardávamos sua chegada no dia seguinte. Ele traria consigo uma jovem moça, sua sobrinha e cuidadora, mademoiselle Rheinfeldt, a qual eu nunca vira, mas me fora descrita como uma garota muito encantadora, em cuja companhia eu havia prometido a mim mesma muitos dias felizes. Fiquei mais desapontada do que uma jovem moça vivendo em uma cidade ou em uma vizinhança movimentada poderia imaginar. Essa visita e a nova amizade que prometia supririam meus devaneios diurnos por muitas semanas.

— E quando ele virá? — perguntei.

— Não até o outono. Não por dois meses, arrisco dizer — respondeu. — E estou muito grato agora, querida, que você nunca tenha conhecido mademoiselle Rheinfeldt.

— Por quê? — perguntei, mortificada e curiosa.

— Porque a pobre moça está morta — respondeu. — Quase me esqueci de que não havia lhe contado, mas você não estava na sala quando recebi a carta do general esta noite.

Estava muito chocada. General Spielsdorf mencionou em sua primeira carta, seis ou sete semanas antes, que ela não estava tão bem quanto ele gostaria, mas não havia nada que sugerisse a mais remota suspeita de perigo.

— Aqui está a carta do general — disse ele, entregando-a a mim. — Creio que ele esteja em grande aflição. A carta me parece ter sido escrita com muita perturbação.

Nós sentamos em um banco rústico, debaixo de um grupo de limoeiros magníficos. O sol estava se pondo com todo seu esplendor melancólico por trás do horizonte silvestre, e o córrego que passa ao lado de nossa casa, e desliza por debaixo da velha ponte levadiça que havia mencionado, fluía através de uma porção de árvores nobres, quase que ao nosso pé, refletindo em seu curso o carmesim desvanecido do céu. A carta de general Spielsdorf era tão extraordinária, tão veemente, e em alguns pontos tão contraditória, que eu a li duas vezes — da segunda vez, em voz alta, para o meu pai — e ainda era incapaz de explicá-la, a não ser que supusesse que o luto havia perturbado sua mente.

Dizia:

"Perdi minha querida filha, por mais que a amasse. Durante os últimos dias da doença de minha querida Bertha não consegui lhe escrever.

Antes, não havia ideia do perigo que ela corria. Eu a perdi, e agora entendi tudo, tarde demais. Ela se foi na paz da inocência, e na gloriosa esperança de um futuro abençoado.
O demônio que traiu nossa encantadora hospitalidade fez tudo. Pensei que estivesse recebendo inocência em minha casa, galhardia, uma companhia charmosa para a minha finada Bertha. Céus! Quão tolo fora eu!
Agradeço a Deus por minha criança ter morrido sem suspeitar da causa de seus sofrimentos. Ela se foi sem sequer conjecturar a natureza de sua enfermidade, e a maldita paixão do agente de toda esta miséria. Consagro os meus dias remanescentes em rastrear e extinguir um monstro. Disseram que posso esperar conquistar meu justo e misericordioso propósito. No momento, mal há um feixe de luz para me guiar. Eu amaldiçoo minha incredulidade vaidosa, meu desprezível complexo de superioridade, minha cegueira, minha obstinação — tudo — tarde demais. Não posso escrever ou falar coletivamente agora. Estou distraído. Assim que me recuperar levemente, espero dedicar a mim um tempo para investigar, o que possivelmente me levará tão longe quanto Viena. Algum momento no outono, daqui a dois meses, ou antes, se eu viver, o verei — isto é, se você concordar. Então, lhe direi tudo o que agora me atrevi a colocar de maneira tão pobre no papel. Adeus.
Reze por mim, caro amigo."

Dessa maneira, terminou sua estranha carta. Mesmo que nunca tenha visto Bertha Rheinfeldt, meus olhos se encheram de lágrimas com essa súbita notícia. Estava assustada, assim como profundamente desapontada.

O sol já havia se posto e já era crepúsculo quando devolvi a carta do general a meu pai.

Era uma noite suave e límpida, e estávamos ociosos, especulando sobre os possíveis significados das violentas e incoerentes frases que eu havia acabado de ler. Tínhamos que caminhar quase dois quilômetros antes de alcançarmos a estrada que passa em frente ao *schloss*, e àquela hora a lua brilhava fortemente. Na ponte levadiça, encontramo-nos com madame Perrodon e mademoiselle De Lafontaine, que haviam saído, sem seus chapéus, para aproveitar o primoroso luar.

Ouvíamos suas vozes tagarelando em um animado diálogo enquanto nos aproximávamos. Juntamo-nos a elas na ponte levadiça e nos viramos para admirar com elas o belo cenário.

A clareira pela qual acabávamos de passar estava diante de nós. À nossa esquerda, a estreita estrada se desenrolava debaixo das copas de árvores senhoriais, a perder de vista entre a densa floresta. À direita, a mesma estrada cruzava a ponte íngreme e pitoresca, perto de onde fica uma torre em ruínas que outrora guardou aquela passagem. E, para além da ponte, uma abrupta elevação surge no terreno, cobrindo as árvores e mostrando às sombras algumas pedras cinzas tomadas por heras.

Sobre o pasto e as terras baixas, uma fina camada de névoa tomava conta como fumaça, marcando as distâncias com um véu transparente. E em alguns pontos podíamos ver o rio reluzindo delicadamente o luar.

Cena mais doce e suave não poderia ser imaginada. As notícias que tinha acabado de ouvir a tornaram melancólica. Mas nada poderia perturbar seu caráter de profunda serenidade, e a glória e imprecisão encantadoras da perspectiva.

Meu pai, que desfrutava do pitoresco, e eu permanecíamos parados em silêncio diante da vastidão à nossa frente. As duas preceptoras, paradas um pouco mais atrás de nós, discursavam diante do cenário e estavam eloquentes sob a lua.

Madame Perrodon era gorda, de meia-idade e romântica; falava e suspirava poeticamente. Mademoiselle De Lafontaine — por conta de seu pai, que era alemão, se assumia como sendo psicológica, metafísica e levemente mística — agora declarava:

— Dizem que quando a lua brilha com uma luz tão intensa, indica uma atividade espiritual especial.

A lua cheia com aquele brilho tremendo causava múltiplos efeitos. Agia em sonhos, em devaneios, em pessoas nervosas, possuía influências físicas maravilhosas conectadas com a vida. Mademoiselle contou que seu primo, que era tripulante de um navio mercador, tirou uma soneca no deque em uma noite como essa, deitado de costas, com sua face toda voltada para a lua. Ele acordou, depois de um sonho com uma velha senhora que o agarrava pelas bochechas, com suas feições horrivelmente entortadas para um único lado. E seu semblante nunca mais recobrou o equilíbrio.

— A lua, esta noite — disse ela —, está cheia de influência paradisíaca e magnética, e note, quando você olha para trás, de frente para o *schloss*, como todas as suas janelas refletem e cintilam com o esplendor prateado, como se mãos invisíveis tivessem acendido os quartos para receber convidados encantados.

Existem tipos indolentes de espíritos nos quais, indispostos a conversarem entre si, têm a conversa alheia como agradável aos seus ouvidos apáticos. E eu contemplava, encantada com o tilintar da conversa das moças.

— Estou em um dos meus dias sorumbáticos — disse meu pai, depois de um silêncio, citando Shakespeare, o qual, na tentativa de manter o nosso inglês, ele costumava ler em voz alta, e continuou:

"Não sei, realmente, por que estou tão triste.
Isso me enfara; e a vós também, dissestes.
Mas como começou essa tristeza, como me veio."²

— Esqueci o restante. Mas tenho a sensação de que um grande infortúnio paira sobre nós. Suponho que a carta aflita do pobre general tenha algo a ver com isso.

Nesse momento, um incomum som de rodas de carruagem e muitos cascos sobre a estrada prendeu nossa atenção.

Eles pareciam se aproximar pelas terras mais elevadas, com vista para a ponte. E logo a equipagem emergiu daquele ponto. Dois cavaleiros atravessaram a ponte primeiro, e então veio a carruagem, puxada por quatro cavalos e dois homens cavalgando atrás.

Parecia ser uma carruagem de viagem de uma pessoa de estirpe. E todos ficamos imediatamente absortos, observando aquele espetáculo incomum. Ele se tornou, em alguns momentos, muito mais interessante, assim que a carruagem atravessou o cume da ponte íngreme e um dos cavalos na dianteira se assustou com algo, comunicando seu pânico ao restante. E depois de um ou dois puxões, toda a cavalaria se uniu em um galope voraz e, lançando-se para o cavaleiro que veio à frente, vieram trovejando pela estrada em nossa direção, na velocidade de um furacão.

A empolgação com a cena fora mais dolorosa pelos claros e prolongados gritos de uma voz feminina advinda da janela da carruagem.

Todos nos aproximamos em curiosidade e horror. Eu, em silêncio, e o resto com múltiplas manifestações de terror.

Nosso suspense não durou muito. Um pouco antes de chegar na ponte levadiça do castelo, pela rota na qual estavam vindo, há um limoeiro magnífico de um lado da estrada, no outro, uma antiga cruz de pedra, à vista da qual os cavalos, agora galopando

---

2 SHAKESPEARE, William. *O Mercador de Veneza*. Ato I, Cena I.

num ritmo completamente aterrorizante, desviaram para passar a roda por cima das raízes proeminentes da árvore.

Eu sabia o que estava vindo. Cobri os meus olhos, incapaz de assistir, e virei meu rosto para longe. No mesmo instante, ouvi um grito das minhas amigas, que estavam mais à frente.

A curiosidade abriu os meus olhos, e eu vi uma cena de absoluta confusão. Dois dos cavalos estavam no chão, a carruagem ao lado, com duas rodas no ar. Os homens estavam ocupados, tirando os destroços, e a moça, com um ar e semblante nobres, havia saído e estava parada com as mãos cruzadas, vez ou outra levando até os olhos um lenço que estava nelas.

Agora uma moça, que aparentava não ter vida, estava sendo retirada através da porta da carruagem. Meu querido pai já estava ao lado da mulher mais velha, com seu chapéu na mão, evidentemente oferecendo seus cuidados e os recursos de seu *schloss*. A mulher parecia não o escutar ou poder olhar para nada além da jovem esguia que estava sendo colocada contra o encosto do banco.

Eu me aproximei. A jovem moça aparentemente estava atordoada, mas certamente não estava morta. Meu pai, que se considerava um pouco médico, estava com os dedos em seu pulso e assegurava à senhora, que se declarava sua mãe, que seu batimento, embora fraco e irregular, ainda estava, indubitavelmente, distinguível. A senhora cruzou as mãos e olhou para o alto, como num assomo de gratidão. Mas, imediatamente, adotou uma forma teatral que, creio eu, é natural para algumas pessoas.

Ela era, como se diz, uma mulher muito bonita para sua idade e deveria ter sido linda. Era alta, mas não magra, vestida em veludo preto, e parecia um pouco pálida, mas com um semblante orgulhoso e nobre, embora agora estivesse estranhamente agitada.

— Acaso já nascera alguém tão propensa a calamidades? — ouvi-a dizer, com as mãos cruzadas, enquanto eu aparecia. — Aqui estou eu, em uma jornada de vida ou morte, procissão na qual perder uma hora é possivelmente perder tudo. Minha filha não se recuperou o suficiente para voltar à sua rota por não sei quanto tempo. Lá devo deixá-la: eu não posso, não ouso, demorar. Quão longe, senhor, pode me dizer, fica a vila mais próxima? Lá devo deixá-la e não ver minha querida, nem ao menos ouvir sobre ela até o meu retorno, daqui a três meses.

Puxei meu pai pelo casaco e sussurrei levemente em seu ouvido:

— Oh! Papai, peça a ela para deixá-la conosco — seria tão agradável. Vá, peça.

— Se a madame confiar sua filha aos cuidados da minha e de sua preceptora, madame Perrodon, e permitir que ela permaneça como nossa hóspede, sob meus cuidados, até seu retorno, isso nos trará uma distinção e obrigação sobre nós, e nós a trataremos com todo o cuidado e devoção que uma confiança tão sagrada merece — disse papai.

— Não posso fazer isso, senhor, seria abusar muito cruelmente de tamanha gentileza e cavalheirismo — respondeu a senhora, distraidamente.

— Seria, pelo contrário, confiar-nos uma gentileza tamanha no momento em que mais precisamos. Minha filha acaba de se desapontar, por causa de um infortúnio cruel, com uma visita a qual ela antecipou muita alegria. Se senhora confiar esta jovem aos nossos cuidados, será o melhor consolo de minha filha. A vila mais próxima desta rota é distante e não oferece uma hospedaria na qual a senhora cogitaria em deixar sua filha. Você não pode permitir que ela siga viagem por nenhuma distância considerável sem perigo. Se, como diz, não pode suspender a viagem, você deve se separar dela esta noite, e nenhum lugar poderia assegurar melhores cuidados e ternura do que aqui.

Havia algo no ar e feição da senhora, tão distinto, até mesmo imponente, e um jeito tão cativante que impressionaria qualquer um, bem diferente da dignidade de sua equipagem, que trazia a convicção de que ela era uma pessoa importante.

Neste momento, a carruagem já havia sido colocada na posição correta, e os cavalos, agora mais calmos, foram atrelados novamente.

A senhora lançou um olhar à sua filha, que eu pensei não ser tão afetuoso quanto poderia se esperar após ter visto a cena inicial. Então acenou levemente para o meu pai e, junto com ele, afastou-se uns dois ou três passos para longe. E conversou com ele com um semblante firme e severo, nem um pouco parecido com aquele que ela até agora havia usado.

Eu fiquei surpresa que meu pai não pareceu perceber a mudança e também inexplicavelmente curiosa para saber o que ela estava dizendo, quase que em seu ouvido, com tanta seriedade e rapidez.

Acredito que ela tenha ficado dois ou três minutos ocupada, então se virou e alguns passos a levaram até onde sua filha estava, apoiada em madame Perrodon. Ajoelhou-se ao seu lado por alguns instantes e sussurrou, como madame supôs, uma pequena bênção em seu ouvido. Então, beijou-a apressadamente e subiu na carruagem. A porta foi fechada, o lacaio de farda pesada subiu atrás, os batedores se prepararam, os postilhões chicotearam, os cavalos precipitaram-se para frente e repentinamente romperam em uma cavalgada furiosa que ameaçou uma vez mais se tornar um galope, e a carruagem disparou, seguida pela mesma marcha rápida dos dois cavaleiros na retaguarda.

✝

Comparamos relatos

Seguimos o cortejo com os olhos até que este rapidamente se perdeu de vista na floresta nebulosa. E todos os sons de galopes e rodas morreram no ar da noite silenciosa.

Nada sobrou para nos assegurar que a aventura não fora uma ilusão do momento, senão a jovem moça que acabara de abrir os olhos. Não pude ver, pois sua face não estava virada para mim, mas ela levantou sua cabeça, evidentemente procurando por alguém, e ouvi uma doce voz perguntando:

— Onde está mamãe?

Nossa boa madame Perrodon respondeu ternamente, acrescentando algumas palavras de conforto.

Então a ouvi perguntar:

— Onde estou? Que lugar é este? — E depois disse: — Não vejo a carruagem... E Matska, onde está?

Madame respondeu a todas as suas perguntas assim que as compreendeu, e gradualmente a jovem se lembrou do desenrolar da desventura e ficou feliz em saber que ninguém do cortejo fora ferido. E ao saber que sua mãe a deixou aqui até o seu retorno, dentro de três meses, ela chorou.

Estava prestes a acrescentar meus consolos aos de madame Perrodon quando mademoiselle De Lafontaine colocou sua mão sobre meu braço, dizendo:

— Não se aproxime. Uma pessoa por vez é o quanto ela consegue conversar agora. Qualquer traço de euforia poderia sobrecarregá-la.

"Assim que ela estiver confortável na cama", pensei, "correrei até seu quarto para vê-la".

Meu pai, enquanto isso, havia mandado um criado a cavalo até o médico que vivia a cerca de dez quilômetros. E um quarto estava sendo preparado para receber a jovem.

A estranha se levantou e, apoiando-se nos braços de madame, andou vagarosamente pela ponte levadiça até o portão do castelo.

Na entrada, os criados esperavam para recebê-la, e fora imediatamente conduzida ao seu quarto. O quarto que costumávamos usar como sala de estar era comprido, com quatro janelas que davam para o fosso e a ponte, além do cenário florestal que já descrevi.

É mobiliado em antigo carvalho esculpido, com armários entalhados e com cadeiras estofadas em veludo de Utrecht carmesim. As paredes eram cobertas com tapeçaria e circundadas com molduras douradas. Os quadros tinham tamanho real, em um estilo antigo e muito curioso, e representavam cenas de caça, falcoaria e festivas de modo geral. Não é tão majestoso para ser extremamente confortável. Era onde tomávamos chá, que, para nossos costumes patrióticos, papai insistia que essa bebida nacional fosse servida regularmente com nosso café e chocolate.

Sentamos aqui nessa noite, com as velas acesas, conversando sobre a aventura do dia.

Madame Perrodon e mademoiselle De Lafontaine estavam em nossa reunião. A jovem moça mal havia deitado em sua cama quando caíra em um profundo sono. As preceptoras, então, a deixaram aos cuidados de uma criada.

— O que achou de nossa hóspede? — perguntei, assim que madame entrou. — Me conte sobre ela.

— Eu gostei muito dela — respondeu madame. — Ela é, creio eu, a criatura mais bela que já vi. Tem a sua idade e é tão gentil e agradável.

— Ela é absolutamente linda — disse mademoiselle, que espiou o quarto da estranha por um momento.

— Com uma voz tão doce! — adicionou madame Perrodon.

— Vocês se lembram de uma mulher na carruagem, depois de ter sido endireitada novamente, que não saiu de lá — perguntou mademoiselle —, mas apenas olhou pela janela?

— Não, nós não a vimos.

Então ela descreveu uma mulher negra medonha, com um tipo de turbante colorido na cabeça, que observou o tempo todo pela janela da carruagem, acenando e sorrindo ironicamente para as moças, com olhos brilhantes, grandes globos oculares brancos, e com os dentes rangendo em fúria.

— Vocês se lembram de como os criados pareciam horrorosos? — perguntou madame.

— Sim — disse meu pai, que acabara de chegar —, os homens mais feios e com as feições mais caninas que já vi em toda minha vida. Eu espero que eles não saqueiem a pobre moça na floresta. Eles são selvagens espertos, contudo. Colocaram tudo de volta aos trilhos em um minuto.

— Arrisco dizer que eles estavam cansados de uma viagem tão longa — disse madame.

— Além de parecerem maus, suas faces eram tão estranhamente magras, escuras e sombrias. Estou muito curiosa, confesso. Mas eu acredito que a jovem moça lhe contará tudo a respeito disso amanhã, se estiver suficientemente recuperada.

— Eu não acho que ela nos dirá — disse meu pai, com um sorriso misterioso e um leve balançar de cabeça, como se ele soubesse mais do que pretendia nos contar.

Isso nos deixou mais curiosas sobre o que se passou entre ele e a mulher de veludo preto, na breve, mas séria conversa que aconteceu imediatamente antes da sua partida.

Mal havíamos ficado a sós quando lhe supliquei que me contasse. Ele nem precisou de tanta pressão.

— Não há razão em não lhe contar. Ela expressou relutância em nos incomodar com os cuidados de sua filha, dizendo que ela possuía uma saúde delicada e estava nervosa, mas que não tinha nenhuma propensão a ataques, frisou ela, ou qualquer tipo de alucinação, estando, de fato, perfeitamente sã.

— Que estranho dizer tudo isso! — interpolei. — Foi tão desnecessário.

— Para todos os efeitos, foi dito — ele riu. — E como você desejava saber o que havia se passado, o que de fato foi muito pouco, eu estou contando. Então ela disse: "Estou em uma jornada de importância vital", — ela enfatizou a palavra — "rápida e secreta. Devo retornar para minha filha em três meses. Enquanto isso, ela deve permanecer calada quanto a quem nós somos, de onde viemos ou para onde estamos indo". Foi tudo o que ela disse. Ela falou um francês puríssimo. Quando disse "secreta", pausou por alguns segundos, olhando com firmeza, com os olhos fixos nos meus. Imagino que ela tenha bons argumentos para isso. Você viu o quão rápido partiu. Espero não ter feito nenhuma bobagem ao me oferecer para cuidar da jovem.

De minha parte, eu estava encantada. Estava ansiosa para vê-la e conversar com ela. Apenas esperava até o doutor me permitir. Você, que vive na cidade, não tem ideia do quão importante é conhecer um novo amigo, em tamanha solidão que nos cercava.

O médico só chegou perto das nove horas. Mas eu não poderia ir para cama e dormir, tanto quanto não poderia acompanhar, a pé, a carruagem na qual a princesa em veludo preto fora levada.

Quando o médico veio para a sala de estar, foi para dar notícias favoráveis à paciente. Ela agora estava de pé, com o pulso regular, perfeitamente bem, ao que tudo indicava. Não tinha queixa de nada, e seu pequeno choque inicial havia ido embora de maneira inofensiva. Certamente não haveria perigo em visitá-la, se nós duas estivéssemos de acordo. E, com essa permissão, enviei um criado, imediatamente, para saber se a moça permitiria que a visitasse por alguns minutos em seu quarto.

O criado retornou imediatamente para dizer que não havia nada que ela desejasse mais.

Você pode ter certeza de que eu aproveitaria tal permissão.

Nossa visitante estava em um dos quartos mais belos do *schloss*. Era, talvez, um pouco imponente. Havia uma soturna tapeçaria ao lado oposto da cama, representando Cleópatra com a víbora em seu seio. E outras cenas clássicas solenes eram exibidas, um pouco desbotadas, nas outras paredes. Mas havia uma moldura dourada, e cores ricas e variadas o suficiente nas outras decorações do quarto, para redimir a melancolia da antiga tapeçaria.

Havia velas ao lado da cama. Ela estava sentada. Sua bela figura esguia estava envolta em uma camisola de seda macia, decorada com flores e forrada com uma grossa seda acolchoada, a qual sua mãe jogou aos seus pés quando se levantou do chão.

O que foi que, enquanto eu alcançava a cabeceira e iniciava meu cumprimento, me deixou atordoada e me fez recuar um ou dois passos da cama diante dela? Dir-lhe-ei.

Vi a mesma face que havia me visitado em minha infância, durante a noite, que permaneceu tão fixa em minha memória, e a qual, por muitos anos, ruminei em horror, quando ninguém suspeitava no que estava pensando.

Era tão bonita; na verdade, era linda. E quando a vi pela primeira vez, carregava a mesma expressão melancólica.

Mas isso quase que instantaneamente se tornou um estranho sorriso de reconhecimento.

Houve silêncio por quase um minuto completo, e então ela falou, pois eu não conseguia.

— Que maravilha! — exclamou. — Doze anos atrás, vi sua face em um sonho, e ela me persegue desde então.

— De fato, maravilhoso! — repeti, superando com esforço o horror que havia, por certo tempo, alterado minhas expressões. — Doze anos atrás, em uma visão ou realidade, eu certamente a vi. Não pude esquecer sua face. Ela permaneceu diante de meus olhos desde então.

Seu sorriso havia suavizado. O que quer que eu tenha estranhado nele sumira, e suas bochechas com covinhas eram agora encantadoramente belas e inteligentes.

Senti-me reconfortada e continuei na linha de hospitalidade inicial, desejando-a boas-vindas e dizendo o quão prazerosa sua chegada acidental foi a todos nós e, especialmente, quão feliz fora para mim.

Peguei sua mão enquanto falava. Eu estava tímida, como são as pessoas solitárias, mas a situação me deixou eloquente, até mesmo corajosa. Ela apertou minha mão, colocou sua mão sobre a minha, e seus olhos brilharam, enquanto, olhando diretamente para os meus olhos, sorriu novamente e corou.

Respondeu minha recepção de maneira agradável. Sentei-me ao seu lado, ainda maravilhada, e ela disse:

— Devo contar minha visão sobre você. É tão estranho que eu e você tenhamos sonhado tão vividamente uma com a outra e que tenhamos nos visto, eu visto você e você a mim, como somos agora, quando claramente éramos meras crianças. Eu era uma criança, com cerca de seis anos, e acordei de um confuso e conturbado sonho e me deparei num quarto, que não era meu berçário, desajeitadamente guarnecido com uma madeira escura, com alguns armários, estrados, cadeiras e bancos dispostos nele. A cama estava, pensava eu, vazia, e o quarto com ninguém além de mim. E eu, depois de me olhar por algum tempo, e admirar especialmente um candelabro de ferro com dois braços, que certamente voltaria a conhecer, rastejei para debaixo de uma das camas para chegar à janela. Mas como eu estava debaixo da cama, ouvi alguém chorando. E, olhando para cima, enquanto ainda estava de joelhos, vi você... — certamente você... como vejo agora. Uma bela jovem, com cabelos louros e grandes olhos azuis, e lábios... seus lábios... você como é agora. Seu semblante me conquistou. Eu subi na cama e coloquei meus braços ao seu redor, e creio que nós duas caímos no sono. Fui acordada com um grito. Você estava sentada, gritando. Eu estava assustada e escorreguei para o chão e foi como se eu tivesse perdido a consciência por um momento. E quando me recuperei, estava novamente em meu berçário, em casa. Seu rosto eu nunca esqueci desde então. Eu não poderia me enganar com apenas uma semelhança. Você é a moça que vi naquela época.

Era então minha vez de relatar minha visão correspondente. O que fiz para a indisfarçável admiração de minha nova amizade.

— Eu não sei quem deveria estar com mais medo de quem — disse ela, novamente sorrindo. — Se você fosse menos bonita, eu poderia estar com muito medo, mas sendo como é, e nós duas tão jovens, apenas sinto que nossa amizade se iniciou há doze anos e já sustenta uma certa intimidade. Para todos os efeitos me parece que fomos destinadas, desde a infância, a sermos amigas. Imagino que você se sinta tão estranhamente atraída por mim quanto eu me sinto por você. Eu nunca tive uma amiga, devo encontrar uma agora? — Suspirou, e seus finos olhos negros olharam com fervor para mim.

Agora a verdade é: eu me senti inexplicavelmente interessada pela bela estranha. Eu me senti, como ela disse, "atraída por ela", mas também havia uma espécie de repulsa. Neste sentimento ambíguo, contudo, a sensação de atração prevaleceu imensamente. Ela me interessou e me conquistou. Era tão linda e tão indescritivelmente envolvente.

Eu percebi agora sinais de abatimento e exaustão recaindo sobre ela e me apressei em desejar boa noite.

— O médico acha — acrescentei — que você deveria ter uma ama para lhe fazer companhia durante a noite. Uma ama nossa está esperando, e você a achará uma criatura muito útil e quieta.

— Quão gentil de sua parte, mas eu não poderia dormir. Nunca consegui com criados no quarto. Não devo precisar de assistência... e devo confessar minha fraqueza, sou assombrada pelo medo de saqueadores. Nossa casa fora roubada uma vez, e dois criados foram assassinados. Então eu sempre tranco minha porta. Tornou-se um hábito... e você parece tão gentil que sei que me perdoará. Vejo que há uma chave na porta.

Ela me abraçou forte por um momento com seus belos braços e sussurrou em meu ouvido:

— Boa noite, querida, é muito difícil me despedir de você, mas boa noite. Amanhã, se não antes, a verei novamente.

Mergulhou em seu travesseiro com um suspiro, e seus olhos me seguiram com um caro e melancólico olhar, e murmurou novamente:

— Boa noite, cara amiga.

Jovens gostam, e até mesmo amam, por impulso. Eu estava lisonjeada com o evidente, embora ainda imerecido, carinho que ela havia demonstrado a mim. Gostei da confiança com a qual ela me recebeu. Ela estava determinada de que deveríamos ser amigas muito próximas.

O dia seguinte veio e nos encontramos novamente. Eu estava encantada com minha companhia. Digo isso em muitos aspectos.

Seu semblante não perdia nada à luz do dia — ela era certamente a criatura mais bela que já havia visto, e a semelhança desagradável com a face presente em meu pesadelo anterior perdera o efeito do primeiro reconhecimento inesperado.

Confessou que tivera um choque similar ao me ver, e precisamente a mesma vaga antipatia que se misturara com minha admiração a ela. Agora ríamos juntas dos nossos horrores momentâneos.

Seus hábitos - um passeio

Disse que estava encantada com ela, na maior parte. Havia algo que não me agradava tanto. Era mais alta do que a maioria das mulheres. Devo começar a descrevendo.

Ela era esguia e maravilhosamente graciosa. Com exceção de seus movimentos lânguidos — muito lânguidos — de fato, não havia nada em sua aparência que indicava alguma invalidez. Sua pele era rica e brilhante. Seus traços eram pequenos e belamente formados. Seus olhos grandes, pretos e lustrosos. Seu cabelo era maravilhoso, eu nunca vi cabelos tão magnificentemente grossos e longos quando estavam soltos, abaixo dos ombros. Pus minhas mãos sobre eles algumas vezes e ri com a surpresa de seu peso. Eram primorosamente belos e macios, em uma cor de um castanho bem escuro, com um pouco de dourado. Eu amava deixá-lo solto, balançando com seu próprio peso, enquanto, em seu quarto, ela se recostava em sua cadeira, falando com sua doce voz rouca. Eu costumava prendê-lo, trançá-lo, soltá-lo e brincar com ele. Céus! Se eu soubesse de tudo!

Disse que algumas coisas não me agradavam. Contei que sua confiança me conquistou na primeira vez que a vi, mas descobri que ela era muito reservada a respeito dela, de sua mãe, de sua história, tudo relacionado à sua vida, planos e pessoas, um resguardo sempre presente. Ouso dizer que fui insensata, talvez estivesse errada. Ouso dizer que deveria ter respeitado o pedido solene feito ao meu pai pela imponente mulher em veludo preto. Mas a curiosidade é uma paixão incansável e sem escrúpulos, e nenhuma garota consegue suportar, com paciência, que a sua curiosidade seja abafada por alguém. Que mal tinha em alguém me contar o que eu ardentemente desejava saber? Não teria ela confiança em meu bom senso ou honra? Por que ela não acreditaria quando eu a assegurasse, tão solenemente, que não divulgaria uma sílaba do que me contasse a qualquer ser vivo?

Havia uma frieza, me parecia, além da sua idade, na sua melancolia sorridente que insistia em recusar o mínimo raio de luz a mim.

Não posso dizer que discutimos neste ponto, pois ela não discutia por nada. Era, claro, muito injusto de minha parte pressioná-la, muito mal-educado, mas eu não conseguia evitar. E deveria ter deixado isso para trás.

O que me contou nada acrescentava à minha estimativa inconsciente.

Tudo fora resumido em três vagas revelações:

Primeira Seu nome era Carmilla.
Segunda Sua família era muito antiga e nobre.
Terceira Sua casa ficava a oeste.

Não me disse o nome de sua família, ou de seu brasão de armas, ou o nome de seu estado, nem mesmo do país no qual vivia.

Você já deve imaginar que eu a aborrecia incessantemente com esses assuntos. Observei oportunamente e mais insinuava do que insistia em perguntas. Uma ou duas vezes, de fato, a afrontei mais diretamente. Mas não importavam as minhas táticas, a falha absoluta era invariavelmente o resultado. Reaproximações e carícias não funcionavam com ela. Mas devo adicionar que sua evasão era conduzida com tão belos gestos de melancolia e de súplica, com tantas, e até mesmo apaixonantes declarações de seu afeto por mim, e confiança minha honra, e tantas promessas de que eu no final saberia de tudo, que eu não conseguia encontrar em meu coração uma forma de ficar ofendida.

Ela costumava colocar seus lindos braços em meu pescoço, me puxar para ela, e com as bochechas nas minhas, murmurar com os lábios em meu ouvido:

— Querida, seu coraçãozinho está ferido. Não pense mal de mim, pois obedeço à irresistível lei de minha força e fraqueza. Se o seu querido coração está ferido, meu coração selvagem sofre com o seu. No arrebatamento de minha enorme humilhação, eu vivo em sua calorosa vida, e você deve morrer... morrer, morrer docemente... na minha. Eu não posso evitar. Conforme eu me aproximo de você, você, por sua vez, se aproximará de outros e conhecerá o êxtase da crueldade, que, não obstante, é amor. Então, por certo tempo, busque não conhecer nada mais sobre mim ou os meus, mas confie em mim com seu amável espírito.

E enquanto falava tal rapsódia, me apertava ainda mais em seu abraço trêmulo, e seus lábios em beijos macios resplandeciam gentilmente em minha bochecha.

Suas agitações e idioma eram ininteligíveis a mim.

Desses abraços bobos, que não ocorriam com frequência, devo dizer, eu costumava desejar me livrar. Mas minhas energias me traíam. Ela murmurava palavras que soavam como canções de ninar em meus ouvidos e acalmavam minha resistência em um transe, do qual me recuperava apenas quando ela retirava seus braços.

Nesses momentos eu não gostava dela. Vivenciava uma estranha e tumultuosa animação que era agradável, mas que ocasionalmente se misturava com uma vaga sensação de medo e repulsa. Eu não tinha pensamentos distintos a respeito dela enquanto tais cenas ocorriam. Mas estava consciente de um amor se tornando adoração e também aversão. Reconheço que isso é um paradoxo, mas não consigo explicá-lo de outra forma.

Agora escrevo, depois de um intervalo de mais de dez anos, com as mãos trêmulas, com uma lembrança confusa e horrível de certas ocorrências e situações, sentindo a mesma horrível experiência que inconscientemente vivenciava na época, ainda que por meio de uma vívida e aguda lembrança dos eventos principais de minha história.

Mas suspeito que em todas as vidas existam certas cenas emotivas, nas quais nossas paixões são despertadas de forma mais selvagem e terrível; essas são as que nós nos lembramos mais vagamente.

Às vezes, depois de uma hora de apatia, minha estranha e bela companhia pegava minha mão e a segurava com uma pressão carinhosa, de novo e de novo. Enrubescendo levemente, observando minha face com seus lânguidos e fervorosos olhos, respirando tão rapidamente que seu vestido se erguia e se abaixava com o movimento agitado. Era como o ardor de um amante. Isso me constrangia. Era odioso e ao mesmo tempo me subjugava. E com olhos ávidos, ela me atraía para perto, e seus lábios quentes passeavam pelas minhas bochechas em beijos. E ela sussurrava, quase soluçando:

— Você é minha. Você será minha. Eu e você seremos uma só, para sempre. — Então ela se jogava para trás em sua cadeira, com suas pequenas mãos cobrindo os olhos, me deixando trêmula.

— Somos parentes? — eu costumava perguntar. — O que você quer dizer com tudo isso? Talvez eu a lembre de alguém que você ama. Contudo, você não deve agir assim. Eu odeio isso. Eu não conheço você... eu não me reconheço quando você faz isso e fala essas coisas.

Ela costumava suspirar com a minha veemência, então se virava e soltava minha mão.

A respeito dessas extraordinárias manifestações eu me esforçava em vão para formular qualquer teoria satisfatória — eu não poderia me referir a elas como caprichos ou travessuras. Era inequivocamente o romper momentâneo de um instinto e emoção reprimidos. Era ela, apesar da negação de sua mãe, objeto de breves assomos de insanidade ou haveria aqui algum disfarce e algum romance? Havia lido coisas como essas em livros antigos. E se um amante tivesse arranjado uma forma de entrar na casa e seguiu seu processo disfarçado, com a ajuda de uma antiga e inteligente aventureira? Mas havia muitas coisas contra essa hipótese, por mais interessante que fosse para minha vaidade.

Não poderia me vangloriar por receber muitas das atenções que a galanteria cavalheiresca sente prazer em oferecer. Entre esses momentos de paixão havia longos intervalos banais, de alegria, impregnados de melancolia, durante os quais detectava seus olhos, tão cheios de ardente melancolia, perscrutando-me e, muitas vezes, eu parecia não ser nada para ela. Com exceção desses breves períodos de agitação misteriosa, seus modos eram femininos. E sempre havia uma languidez sobre ela, absolutamente incompatível com um corpo masculino em pleno vigor.

Em partes, seus hábitos eram estranhos. Talvez não tão singulares na opinião de uma moça da cidade como você, quanto eles pareciam para nós, pessoas do campo. Costumava descer muito tarde, geralmente não até uma da tarde. Então tomava uma xícara de chocolate, mas sem comer nada. Saíamos para andar, o que era um passeio rápido, e ela parecia, quase instantaneamente, exausta. E retornávamos ao *schloss* ou sentávamos em um dos bancos que ficavam por entre as árvores. Essa era a languidez corporal da qual sua mente não simpatizava. Ela era sempre tagarela e muito inteligente.

Às vezes se referia por um momento à sua casa, ou mencionava uma aventura ou situação, ou uma lembrança mais antiga, as quais indicavam uma pessoa de estranhos hábitos e descreviam costumes dos quais eu não sabia nada. Recolhi dessas pistas casuais que seu país natal era muito mais remoto do que eu imaginara.

Enquanto nos sentávamos, uma tarde, debaixo das árvores, um funeral passou por nós. Era de uma bela garota, a qual vi várias vezes, filha de um dos guardas da floresta. O pobre homem estava andando atrás do caixão de sua querida. Ela era filha única, e ele parecia devastado.

Camponeses andando de dois em dois vieram atrás. Estavam cantando um hino funerário.

Levantei para expressar minhas condolências enquanto eles passavam e me juntei ao hino que cantavam suavemente.

Minha companhia me chacoalhou um pouco forte, e me virei surpresa.

— Não percebe o quão incoerente isso é? — disse ela bruscamente.

— Pelo contrário, eu acho muito gentil — respondi, mostrando-me envergonhada com a interrupção, e muito desconfortável, para que as pessoas que compunham a procissão não observassem e se ofendessem com o que estava acontecendo.

Imediatamente, portanto, voltei a cantar, e fora novamente interrompida.

— Você fura meus ouvidos — disse Carmilla, quase raivosa, tampando seus ouvidos com seus dedos pequeninos. — Além do mais, como você pode achar que a sua religião e a minha são as mesmas? Sua atitude me machuca e eu odeio funerais. Que confusão! Ora, você deve morrer, todo mundo deve. E todos ficam muito mais felizes quando morrem. Venha para casa.

— Meu pai tinha ido com o clérigo até o cemitério. Eu pensei que soubesse que ela seria enterrada hoje.

— Ela? Eu não perturbo minha cabeça com camponeses. Eu não sei quem ela é — respondeu Carmilla, com um lampejo de seus belos olhos.

— Ela é a pobre garota que pensou que tivesse visto um fantasma duas semanas atrás. E vem morrendo desde então, até ontem, quando se foi.

— Não me fale sobre fantasmas. Eu não conseguirei dormir esta noite se você falar.

— Espero que não seja uma praga ou febre vindo. Parece muito com isso — continuei. — A esposa do guardador de porcos morreu há apenas uma semana e ela pensou que algo tivesse agarrado sua garganta enquanto ela se deitava na cama, quase a estrangulando. Papai diz que delírios horríveis como esse acompanham alguns tipos de febres. Ela estava muito bem no dia anterior. Ela ficou acamada e morreu depois de uma semana.

— Bem, seu funeral acabou, espero, e seu hino foi cantado. E nossos ouvidos não devem ser torturados com essa desarmonia e esse linguajar. Isso me deixou nervosa. Sente-se aqui, ao meu lado. Sente mais perto. Segure minha mão. Aperte-a mais e mais forte.

Nós nos afastamos um pouco para trás e fomos para um outro banco.

Ela se sentou. Seu rosto sofreu uma transformação que me alarmou e até mesmo me aterrorizou por um momento. Ele se escureceu e se tornou horrivelmente lívido. Seus dentes e mãos estavam cerrados, e ela franziu a testa e comprimiu os lábios, enquanto ela encarava o chão debaixo dos seus pés e se estremecia toda com um tremor contínuo tão incontrolável quanto uma febre. Todas as suas energias pareciam forçar a supressão de um ataque, contra o qual ela lutava já sem fôlego. E por certo tempo um baixo choro compulsivo rompeu dela, e a histeria gradualmente diminuiu.

— Veja! É nisso que dá sufocar as pessoas com hinos! — disse por fim. — Abrace-me, abrace-me forte. Está passando.

E gradualmente passou. Talvez para dissipar a impressão sombria que o espetáculo deixou em mim, ela ficou excepcionalmente animada e tagarela. Então voltamos para casa.

"Funeral", ilustração de Michael Fitzgerald para *Carmilla*, em *The Dark Blue* (janeiro de 1872).

Essa foi a primeira vez que eu a vi exibir qualquer sintoma definido da saúde delicada da qual sua mãe falara. Foi a primeira vez, também, que eu a vi exibir esse tipo de temperamento.

Isso passou como uma nuvem de verão. E apenas uma vez depois disso eu a vi apresentando qualquer sinal momentâneo de raiva. Contarei como aconteceu.

Eu e ela estávamos olhando por uma das janelas da longa sala de estar, quando entrou no pátio, por cima da ponte levadiça, a figura de um andarilho que eu conhecia muito bem. Ele costumava visitar o *schloss* geralmente duas vezes ao ano.

Era a figura de um corcunda, com as feições magras que geralmente acompanham a deformidade. Ele tinha uma barba preta e pontuda e sorria de orelha a orelha, mostrando suas presas brancas. Vestia um couro preto e vermelho, e estava cingido por mais cordas e cintos do que eu poderia contar, nos quais pendurava todo tipo de coisas. Atrás, carregava uma lanterna mágica e duas caixas, que eu conhecia muito bem. Em uma, ficava uma salamandra, e na outra uma mandrágora. Esses monstros costumavam fazer meu pai rir. Eram compostos por partes de macacos, pombas, esquilos, peixes e porcos-espinho, secos e costurados com grande esmero, causando um efeito impressionante. Ele tinha um violino, uma caixa de equipamentos para invocar espíritos, um par de lâminas e máscaras presos ao seu cinto, muitas outras bolsas misteriosas penduradas e um cajado preto com detalhes em cobre em sua mão. Seu companheiro era um cão de guarda selvagem, que seguia seus passos, mas ficou para trás, desconfiadamente na ponte levadiça, e depois de um tempo começou a uivar melancolicamente.

Nesse meio tempo, o malandro, parado no meio do pátio, levantou seu chapéu grotesco e nos fez um aceno bem cerimonioso, nos cumprimentando bem alto em um francês execrável e um alemão não muito melhor.

Então, desatando seu violino, começou a tocar uma animada ária, para a qual cantou uma alegre melodia, dançando com ares e movimentos ridículos que me fizeram rir, apesar dos uivos do cachorro.

Então avançou até a janela com muitos sorrisos e saudações, e o chapéu em sua mão esquerda, o violino sob seu braço, e falando até ficar sem fôlego, tagarelou sobre suas conquistas e recursos das mais variadas artes, as quais colocou à nossa disposição, e as curiosidades e distrações que estavam em seu poderio para, aos nossos pedidos, nos mostrar.

— Vossas senhorias gostariam de adquirir um amuleto contra *oupire*, que perambula como lobo, tenho ouvido, por essa floresta — disse ele deixando seu chapéu no chão. — Estão morrendo disso de leste a oeste, e aqui está um amuleto que nunca falha. Apenas coloque-o em seu travesseiro e rirás na face do monstro.

Esses amuletos consistem em folhas retangulares de velino, com runas cabalísticas e diagramas encrustados.

Carmilla instantaneamente comprou um, e eu também.

Ele olhava para cima, e nós sorríamos para ele, encantadas. Ao menos, falo por mim. Seus olhos escuros penetrantes, enquanto olhava para nossos rostos, pareciam detectar algo que por um momento capturou sua curiosidade.

Em um instante ele desenrolou uma bolsa de couro, cheia com todos os tipos de pequenas ferramentas de aço.

— Veja, minha senhora — disse, mostrando e se dirigindo a mim —, professo, dentre outras coisas menos úteis, a arte da odontologia. Que a peste leve o cachorro! — interpolou. — Silêncio, besta! Ele uiva tanto que vossas senhorias mal ouvem uma palavra. Sua nobre amiga, a jovem moça, tem os mais afiados dentes — longos, finos, pontiagudos, como uma lança, como uma agulha. Ha, ha! Com minha visão apurada consegui percebê-los ao olhar para cima. Caso machuquem a dama, e creio que devam, aqui estou. Aqui estão minha lima, minha punção e meu alicate. Eu os arredondaria e os desbastaria, se vossa senhoria desejasse. Não seria mais os dentes de um peixe, mas de uma bela dama, como ela é. Então? A jovem dama se aborreceu? Fora eu muito ousado? Por acaso eu a ofendi?

A jovem dama, de fato, parecia muito nervosa enquanto se afastava da janela.

— Como ousa aquele malandro nos insultar desta maneira? Onde está seu pai? Eu exijo uma retratação de sua parte. Meu pai teria amarrado o infeliz em um mastro, o açoitaria com um chicote e então o marcaria com nosso emblema!

Ela deu um ou dois passos para longe da janela e se sentou, e mal havia tirado os olhos do ofensor quando sua ira se foi tão subitamente quanto surgira, gradualmente recobrando seu tom usual, e parecia ter esquecido do corcunda e suas tolices.

Naquela noite meu pai estava bem cabisbaixo. Ao chegar, nos contou que havia outro caso muito similar aos dois fatais que ocorreram nos últimos dias. A irmã de uma jovem camponesa na sua propriedade, a apenas dois quilômetros, estava muito doente, e fora, como ela mesmo descreveu, atacada da mesma forma e agora estava lentamente definhando.

— Tudo isso — disse meu pai — está estritamente ligado a causas naturais. Essas pobres pessoas infectam umas às outras com suas superstições e repetem em sua imaginação as imagens de terror que infestaram seus vizinhos.

— Mas essa circunstância por si mesma aterroriza qualquer um de modo horrível — disse Carmilla.

— Como assim? — perguntou meu pai.

— Estou com tanto medo de imaginar ver essas coisas. Penso que seria tão ruim quanto a realidade.

— Estamos nas mãos de Deus: nada pode nos acontecer sem Sua permissão, e tudo acabará bem para os que O amam. Ele é o nosso fiel Criador. Ele nos fez e cuidará de todos nós.

— Criador! Natureza! — disse a jovem moça em resposta ao meu gentil pai. — E esta doença que invade o país é natural. Natureza. Todas as coisas precedem da Natureza, não? Todas as coisas no céu, na terra e debaixo dela agem e vivem como a Natureza ordena? Penso que sim.

— O doutor disse que viria hoje — disse meu pai, depois de um silêncio. — Quero saber o que ele pensa sobre isso e o que ele pensa que é melhor fazermos.

— Doutores nunca me fizeram bem algum — disse Carmilla.

— Então você esteve doente? — perguntei.

— Mais do que você jamais esteve — respondeu.

— Há muito tempo?

— Sim, há muito tempo. Eu sofri dessa mesma doença. Mas não me lembro de nada, exceto da minha dor e fraqueza, e elas não eram tão ruins quanto as decorrentes de outras doenças.

— Você era muito jovem, então?

— Pode-se dizer que sim. Mas não falemos mais disso. Você não gostaria de magoar uma amiga, certo?

Ela me olhou esguia, passou seu braço pela minha cintura carinhosamente e me tirou da sala. Meu pai estava muito ocupado com alguns papéis próximos à janela.

— Por que seu pai gosta de nos assustar? — disse a bela moça, em meio a um suspiro e um breve tremor.

— Ele não gosta, querida Carmilla, isso está muito longe de sua intenção.

— Você está com medo, querida?

— Estaria muito amedrontada se imaginasse que pudesse haver o menor perigo em ser atacada como essas pobres pessoas foram.

— Tem medo de morrer?

— Sim, todos têm.

— Mas morrer como amantes... morrer juntos, para que possam viver juntos.

Moças são lagartas enquanto vivem no mundo para finalmente serem borboletas quando o verão chega. Mas neste meio tempo existem larvas e pestes, entende? Cada uma com suas propensões, necessidades e estruturas peculiares. Assim como disse Monsieur Buffon, em seu grande livro, da sala ao lado.

Mais tarde naquele dia, o doutor veio e ficou trancado na sala com o papai por certo tempo.

Era um homem habilidoso, com mais de sessenta anos. Usava pó de arroz e sua face pálida era tão suave quanto pêssego. Ele e papai saíram da sala juntos, e ouvi papai rindo e dizendo, enquanto saíam:

— Bom, eu admiro um homem como o senhor. O que me diz sobre hipogrifos e dragões?

O doutor sorria enquanto respondia, balançando a cabeça.

— Todavia a vida e a morte são misteriosos estados, e nós sabemos muito pouco sobre os recursos de cada uma delas.

Então continuaram andando e não consegui mais ouvi-los. Não sabia o que o doutor estava falando, mas imagino que agora eu saiba.

✝

Uma semelhança impressionante

Naquela noite, voltando de Gratz, chegou o sério e moreno filho do restaurador de quadros, com um cavalo e carroça carregada com duas grandes malas, contendo muitos quadros cada. Era uma jornada de quase cinquenta quilômetros, e sempre que um mensageiro chegava ao schloss vindo da nossa pequena capital de Gratz, costumávamos nos apinhar ao seu redor, para ouvir as novidades.

Essa chegada causou uma boa sensação em nossos quartos isolados. As bolsas permaneceram no *hall*, e o mensageiro foi levado aos cuidados dos criados até que tivesse ceado. Então, com assistentes e armado com martelo, cinzel afiado e chave de fenda, nos encontrou no *hall*, onde estávamos reunidos para testemunhar o desempacotar das malas.

Carmilla se sentou olhando desatentamente, enquanto, um após o outro, os antigos quadros, praticamente todos retratos que haviam passado por um processo de restauração, eram trazidos à luz. Minha mãe era de uma antiga família húngara, e a maioria dos quadros, que estavam prestes a retornar aos seus lugares, chegara até nós por meio dela.

Meu pai tinha uma lista em sua mão, a qual leu, enquanto o artista vasculhava os números correspondentes. Eu não sei se os quadros eram muito bons, mas eles eram, indiscutivelmente, muito antigos, e alguns muito curiosos, também. Eles tinham, em sua maioria, o mérito de serem agora vistos por mim, posso dizer, pela primeira vez, pois o pó e a sujeira do tempo quase os haviam destruído.

— Há um quadro que eu ainda não vi — disse meu pai. — Em um dos cantos, na parte superior, há o nome (pelo que consegui ler) "Marcia Karnstein", e a data "1698". E estou curioso para ver como ficou.

Eu lembro deste. Um quadro pequeno, com cerca de quarenta e cinco centímetros de altura, praticamente quadrado, sem moldura. Mas estava tão escurecido pelo tempo que não conseguia visualizá-lo.

O artista então o mostrou, com orgulho evidente. Era muito bonito. Era impressionante. Parecia estar vivo. Era a imagem de Carmilla!

— Carmilla, querida, eis um milagre absoluto. Aqui está você, viva, sorrindo, pronta para falar, neste quadro. Não é lindo, papai? E veja, até mesmo a pequena verruga em seu pescoço.

Meu pai riu e disse:

— Certamente é uma semelhança encantadora.

Mas ele parecia longe e, para minha surpresa, parecia pouco impressionado, e continuou conversando sobre o quadro com o restaurador, que também tinha um quê de artista. E discursou com inteligência sobre os retratos e outras obras, aos quais sua arte trouxera luz e cor, ao passo que eu ficava mais e mais maravilhada quanto mais olhava para o quadro.

— Poderia pendurar este quadro em meu quarto, papai? — perguntei.

— Certamente, querida — disse sorrindo —, fico muito feliz por tê-lo achado tão parecido. Deve ser até mais bonito do que achei que fosse, se realmente for.

A jovem moça não reparou em tão belo discurso, não parecia sequer ouvi-lo. Ela estava encostada em seu assento, seus olhos finos sob os longos cílios me contemplando, e ela sorriu numa espécie de êxtase.

— E agora você consegue ler com clareza o nome que está escrito no canto. Não é Marcia. Parece que foi feito em ouro. O nome é Mircalla, condessa Karnstein, e essa é uma pequena coroa com uma data dentro, "1698". Eu sou descendente dos Karnsteins. Isto é, mamãe era.

— Ah! — disse a jovem, calmamente. — Assim como eu, creio, uma descendente distante, muito antiga. Ainda há algum Karnstein vivo?

— Nenhum que carregue o nome, acredito eu. A família fora arruinada em algumas guerras civis, muito tempo atrás, mas as ruínas do castelo ficam a apenas cinco quilômetros daqui.

— Que interessante! — disse ela, com languidez. — Mas veja que luar mais lindo! — Olhou de relance pela porta de entrada, que estava um pouco aberta. — Sugiro que façamos um pequeno passeio pelo terreno e observemos a estrada e o rio.

— Se parece muito com a noite na qual você chegou até nós — eu disse.

Ela suspirou, sorrindo.

Levantou-se, e, uma com o braço em torno da cintura da outra, saímos pelo pátio.

Em silêncio, caminhamos devagar até a ponte levadiça, onde se abria uma linda paisagem diante de nós.

— Então você estava pensando sobre a noite em que cheguei? — disse quase sussurrando. — Está feliz porque cheguei?

— Encantada, querida Carmilla — respondi.

— E pediu que o quadro que se parece comigo seja pendurado em seu quarto — murmurou em um suspiro, enquanto trazia seu braço para mais perto de minha cintura e recostava sua bela cabeça sobre meu ombro.

— Você é tão romântica, Carmilla — disse. — Quando quer que me conte sua história, certamente ela será feita de algum grande romance.

Ela me beijou silenciosamente.

— Tenho certeza, Carmilla, que está apaixonada. Que há, neste momento, uma questão amorosa acontecendo.

— Eu não estou apaixonada por ninguém e nunca poderei — sussurrou —, a não ser que seja por você.

Quão bonita ela parecia sob o luar!

Tímida e estranha era a feição a qual ela rapidamente escondeu em meu pescoço e cabelos, com suspiros rápidos, que mais pareciam soluços, apertando a minha mão trêmula.

Sua bochecha suave brilhava contra a minha:

— Querida, querida — ela murmurava —, eu vivo em você, e você morreria por mim. Eu a amo tanto.

Eu me afastei dela.

Ela olhava para mim com os olhos dos quais todo fogo e o sentido haviam se esvaído, e uma face sem cor e apática.

— Sente um friozinho no ar, querida? — falou sonolentamente. — Eu estou quase tremendo. Estive sonhando? Vamos entrar. Vamos, vamos, vamos.

— Você parece mal, Carmilla. Um pouco pálida. Certamente deve beber um pouco de vinho — sugeri.

— Sim. Beberei. Estou melhor agora. Deverei estar bem melhor em alguns minutos. Sim, dê-me um pouco de vinho — respondeu Carmilla, enquanto nos aproximávamos da porta.

— Vamos apreciar novamente por um momento. Talvez essa seja a última vez que eu veja o luar com você.

— Como se sente agora, querida Carmilla? Está realmente melhor? — perguntei.

Eu estava começando a ficar alarmada, esperando que ela não tivesse sido atingida pela epidemia que disseram ter invadido a região perto de nós.

— Papai ficaria profundamente entristecido — acrescentei — se soubesse que ficara minimamente adoecida, sem nos contar imediatamente. Temos um médico muito habilidoso próximo a nós, o doutor que estava com papai hoje.

— Tenho certeza de que ele é. Sei o quão gentil todos vocês são. Mas, querida, já estou bem melhor agora. Não há nada de errado comigo, senão uma pequena fraqueza. As pessoas dizem que sou lânguida. Que sou incapaz de esforço. Que não posso andar mais rápido do que uma criança de três anos. E vez ou outra a pequena força que tenho falha, e fico como acabou de ver. Mas, no final das contas, é muito fácil me recompor. Em alguns instantes já estou perfeitamente bem. Veja como já me recuperei.

E, de fato, ela havia se recuperado. Nós conversamos bastante e ela estava muito animada. E o restante daquela noite se passou sem nenhuma repetição do que eu chamei de seus "acessos de paixão". Falo sobre seus loucos olhares e conversas, que me envergonhavam e até mesmo me assustavam.

Mas então ocorreu algo naquela noite que deu uma reviravolta em meus pensamentos e pareceu elevar até mesmo a natureza lânguida de Carmilla a uma energia momentânea.

✝

Uma agonia muito estranha

Quando entramos na sala de estar e nos sentamos para nosso café e chocolate, apesar de Carmilla não ter bebido nada, parecia ser ela mesma novamente; e então madame e mademoiselle De Lafontaine se juntaram a nós. Fizemos um pequeno jogo de cartas, no meio do qual papai veio para o que ele chama de "xícara de chá".

Quando o jogo acabou, ele se sentou ao lado de Carmilla no sofá e a questionou, um pouco ansioso, se ela ouvira sobre sua mãe desde que chegou em casa.

— Não — respondeu.

Então ele perguntou se saberia como uma carta chegaria até ela.

— Não posso dizer — disse ela ambiguamente. — Mas tenho pensado em deixar vocês. Vocês têm sido tão hospitaleiros e gentis comigo. Eu os dei uma infinidade de problemas, gostaria de pegar uma carruagem amanhã e me colocar em busca dela. Eu sei onde devo encontrá-la, em última instância, embora não possa dizer a vocês.

— Você não deveria nem sonhar com tal coisa — exclamou meu pai, para meu alívio. — Não podemos perdê-la, e não consentirei em nos deixar, exceto sob os cuidados de sua mãe, que fora clara ao consentir que ficasse conosco até que ela mesma retornasse. Eu ficaria muito feliz em saber o que você ouviu dela. Mas nesta noite as notícias do progresso da misteriosa doença que invadiu nossa vizinhança se tornaram ainda mais alarmantes. E, minha bela hóspede, eu me sinto responsável, sem a assistência do conselho de sua mãe. Mas devo fazer o meu melhor. E uma coisa é certa: você não deve pensar em nos deixar sem a clara instrução dela para isso. Sofreríamos demais para consentirmos com essa sua partida tão facilmente.

— Obrigada, senhor, mil vezes, por sua hospitalidade — respondeu, sorrindo timidamente. — O senhor tem sido muito gentil comigo. Eu raramente estive tão feliz em minha vida, como em sua linda casa, sob seus cuidados, e na companhia de sua querida filha.

Então ele galantemente, em seu jeito antiquado, beijou sua mão, sorrindo feliz com seu pequeno discurso.

Acompanhei Carmilla como sempre até seu quarto, me sentei e conversei com ela enquanto se preparava para dormir.

— Você acha — disse eu vagarosamente — que um dia confiará plenamente em mim?

Ela se virou sorrindo, mas não respondeu, apenas continuou a sorrir para mim.

— Não responderá? — indaguei. — Você não consegue responder de bom grado. Não deveria tê-la questionado.

— Você está certa em me perguntar isso ou qualquer outra coisa. Você não deve saber o quão querida é por mim ou não pensaria que qualquer confiança é pedir muito. Mas estou sob votos, mais poderosos do que o de qualquer freira, e não ouso contar minha história ainda, mesmo a você. O tempo em que você deverá descobrir tudo está próximo. Acha que sou cruel, egoísta, mas o amor é sempre egoísta. Quanto mais ardente, mais egoísta. E não tem ideia do quão ciumenta sou. Deve ir comigo, me amando, até a morte. Ou me odiando, mas ainda junto a mim; e ainda me *odiando* depois da morte. Não há palavra como "indiferença" em minha natureza apática.

— Agora, Carmilla, você fala coisas sem sentido novamente — disse rapidamente.

— Eu não, bobinha como sou, cheia de desejos e caprichos. Pelo seu bem, falarei como um sábio. Já esteve em um baile?

— Não, não do jeito que você imagina. Como é um? Deve ser muito charmoso.

— Quase não me lembro, já se passaram muitos anos.

Eu ri.

— Você não é tão velha, nem deve ter se esquecido do seu primeiro baile.

— Eu me lembro de tudo sobre ele, com esforço. Consigo ver tudo, como mergulhadores enxergam o que acontece sobre eles, através de uma visão densa, ondulada, mas transparente. O que aconteceu naquela noite conturbou o cenário e fez as cores desvanecerem. Eu fui quase assassinada em minha cama, atingida aqui — ela tocou seu colo —, e desde então nunca mais fui a mesma.

— Esteve perto da morte?

— Sim, muito, um amor cruel, estranho, que teria tirado minha vida. O amor tem seus sacrifícios. E não há sacrifício sem sangue. Vamos dormir agora. Sinto-me tão sonolenta. Como posso me levantar agora e trancar minha porta?

Ela estava deitada com suas mãozinhas enterradas em seu belo cabelo cacheado sob sua bochecha, sua pequena cabeça sobre o travesseiro, e com os olhos brilhantes me seguindo aonde quer que eu fosse, com um sorriso doce e tímido que eu não conseguia decifrar.

Desejei-a uma boa-noite e saí do quarto com uma sensação desconfortável.

Frequentemente me perguntava se nossa bela hóspede fazia suas orações. Eu certamente nunca a tinha visto de joelhos. Às manhãs ela nunca descia até que as orações de nossa família estivessem acabadas, à noite ela nunca deixava a sala de estar para atender às nossas breves orações noturnas no *hall*.

Se em uma de nossas conversas ela não tivesse contado que havia sido batizada, teria duvidado que fosse cristã. Religião era um assunto do qual eu nunca a tinha ouvido falar. Se eu conhecesse melhor o mundo, essa negação ou antipatia em particular não teria sido tão surpreendente para mim.

As precauções de pessoas nervosas são contagiantes, e pessoas com um temperamento parecido são, muito provavelmente, após certo tempo, induzidas a imitá-las. Havia adotado o hábito de Carmilla de trancar a porta do seu quarto, tendo em minha mente todas as suas caprichosas precauções sobre invasores noturnos e assassinos ambulantes. E também adotei sua precaução em fazer uma breve busca pelo seu quarto, a fim de garantir a ela que nenhum assassino ou ladrão à espreita estivesse "escondido".

Tomadas essas sábias medidas, fui para minha cama e caí no sono. A chama de uma vela queimava em meu quarto. Era um antigo hábito, que tinha desde muito nova e o qual não conseguia dispensar.

Isso me trazia a certeza de que poderia descansar em paz. Mas sonhos vêm através de paredes de pedra, iluminam quartos escuros, ou escurecem os iluminados, e as pessoas fazem suas entradas e saídas como bem desejam, rindo das trancas das portas. Sonhei que aquela noite era o começo de uma agonia muito estranha. Não posso chamar de pesadelo, embora eu estivesse consciente de estar dormindo.

Mas estava igualmente consciente de estar em meu quarto, deitada em uma cama, precisamente como eu de fato estava. Vi, ou imagino que tenha visto, o quarto e a mobília que acabara de ver, com exceção de que estava muito escuro, e vi algo se movendo ao redor do pé da cama, que a princípio não podia distinguir precisamente. Mas logo vi que era um animal preto fuliginoso, que se parecia com um gato monstruoso. Pareceu-me ter cerca de um metro e meio de altura, pois parecia ter a mesma medida do tapete da lareira enquanto passava por ele. E continuava a ir e vir, com a ágil e sinistra inquietação de uma fera em uma jaula. Eu não conseguia gritar, embora, como deva imaginar, estivesse aterrorizada. Seu passo se tornava mais rápido, e o quarto rapidamente se tornava mais escuro, tanto que eu não podia mais ver nada além de seus olhos. Senti-o saltando suavemente sobre a cama. Os dois olhos largos se aproximaram de meu rosto, e eu subitamente senti uma dolorosa pontada, como se duas largas agulhas se fincassem, com dois ou três centímetros de distância, profundamente em meu peito. Acordei com um grito. O quarto fora iluminado pela vela estava ardendo ali por toda a noite, e vi uma figura feminina parada aos pés da cama, um pouco à direita. Vestia sua camisola preta, com os cabelos soltos, cobrindo os ombros. Um bloco de pedra não poderia estar mais parado. Não havia o menor sinal de respiração. Eu a encarei, a figura parecia ter mudado de lugar, e estava agora próxima à porta. Então, próxima a ela, a porta se abriu, e ela saiu.

    Eu agora estava aliviada e era capaz de respirar e de me mover. Meus primeiros pensamentos foram que Carmilla havia me pregado uma peça e que havia me esquecido de trancar minha porta. Corri até ela, e a encontrei trancada, como de costume, pelo lado de dentro. Estava com medo de abri-la; eu estava horrorizada. Pulei em minha cama e me cobri até a cabeça com as roupas de cama, e deitei ali, mais morta do que viva, até a manhã seguinte.

Descendente

Seria em vão tentar contar o horror com que ainda agora me lembro dos acontecimentos daquela noite. Não foi um terror passageiro como aquele que os sonhos deixam para trás. Pareceu aumentar com o passar do tempo e ligar-se ao aposento e aos próprios móveis que haviam acompanhado a aparição.

Não suportaria passar um momento sequer sozinha no dia seguinte. Deveria ter contado ao papai, mas não o fiz por duas razões opostas. Primeiro, porque pensei que ele riria de minha história, e eu não suportaria que isso fosse tratado como uma piada. E depois imaginei que ele pudesse pensar que eu havia sido atacada pela misteriosa enfermidade que havia invadido nossa vizinhança. Eu mesma não tinha esse tipo de receio e, como ele já era quase um inválido há algum tempo, tive medo de assustá-lo.

Estava suficientemente confortável com minhas companhias de costume, madame Perrodon e a vivaz mademoiselle De Lafontaine. As duas perceberam que eu estava agitada e nervosa, e depois de um tempo contei o que pesava em meu coração.

Mademoiselle riu, mas madame Perrodon me pareceu ansiosa.

— A propósito — disse mademoiselle rindo —, a trilha do limoeiro, atrás da janela do quarto de Carmilla, é assombrada!

— Bobagem! — exclamou madame, que provavelmente pensou que o assunto era inoportuno. — E quem disse isso, minha querida?

— Martin disse que veio duas vezes, quando o antigo portão do jardim estava sendo consertado, antes do nascer do sol, e nas duas vezes ele viu a mesma figura feminina descendo a trilha do limoeiro.

— Então ele deve estar imaginando, assim como há vacas para ordenhar nos campos do rio — disse madame.

— Também acho. Mas Martin optou por sentir medo, e eu nunca vi um bobo mais assustado.

— Você não deve sequer mencionar isso à Carmilla, pois ela pode enxergar esse caminho de sua janela — interpus. — E ela é, como se isso fosse possível, mais covarde do que eu.

Carmilla desceu mais tarde do que o comum naquele dia.

— Estava com tanto medo ontem à noite — disse ela, assim que ficamos juntas —, e tenho certeza de que teria visto algo aterrorizante se não fosse por aquele amuleto que comprei do pobre corcunda que chamei de tantos nomes feios. Sonhei que algo preto rondava minha cama e acordei em estado de horror. Realmente pensei, por alguns segundos, que tinha visto uma figura próxima à lareira, mas busquei meu amuleto sob o travesseiro e, no momento em que meus dedos o tocaram, a figura desapareceu; e eu tive a certeza de que se eu não o tivesse próximo de mim, algo terrível teria aparecido, e, talvez, me estrangulado como fizera com aquelas pobres pessoas das quais ouvimos falar.

— Bem, me escute — comecei e relatei minha aventura, com a qual ela parecia horrorizada.

— E estava com o amuleto próximo a você? — perguntou, seriamente.

— Não, eu o deixei cair em um vaso chinês da sala de estar, mas certamente devo levá-lo comigo esta noite, se você tem tanta fé nele.

A essa altura eu não consigo dizer, ou mesmo entender, como eu superei meu horror tão efetivamente para me deitar sozinha em meu quarto naquela noite. Lembro-me claramente de ter prendido o amuleto ao meu travesseiro. Caí no sono quase que imediatamente e dormi mais profundamente que o normal durante toda a noite.

Na próxima noite passei bem, da mesma forma. Meu sono foi prazerosamente profundo e sem sonhos.

Mas eu acordei com uma sensação de lassidão e melancolia, que, contudo, não excedia um nível que era quase exacerbado.

— Bem, eu lhe disse — falou Carmilla, quando descrevi meu sono tranquilo. — Tive um sono tão bom noite passada. Prendi o amuleto no peito de minha camisola. Tinha ficado muito longe na noite anterior. Estou certa de que foi tudo uma fantasia, com exceção dos sonhos. Costumava pensar que espíritos maus causavam pesadelos, mas nosso médico disse que não existe tal coisa. Apenas uma febre, ou alguma outra doença que, conforme ele disse que frequentemente acontece, bate à porta e, incapaz de entrar, passa com tamanho alarde.

— E o que você acredita que o amuleto seja? — perguntei.

— Que ele tenha sido fumigado ou imerso em algum medicamento, como um antídoto contra a malária — respondeu.

— Então ele age apenas no corpo?

— Certamente. Você acha que espíritos maus são aterrorizados por pequenos laços ou perfumes de uma loja de fármacos? Não. Essas doenças, vagando pelo ar, começam atacando os nervos e então infectam o cérebro, mas, antes que elas se aproveitem de você, o antídoto as repele. Tenho certeza de que é isso que o amuleto faz por nós. Não é nada mágico, simplesmente natural.

Eu poderia ter sido mais feliz se tivesse concordado com Carmilla. Mas dei o meu melhor, e a sensação foi, aos poucos, perdendo força.

Por algumas noites dormi profundamente. Mas ainda assim, toda manhã sentia a mesma lassidão e uma fraqueza me sobrepujava durante o dia inteiro. Sentia-me uma garota transformada. Uma estranha melancolia pairava sobre mim, uma sensação que eu não conseguia interromper. Baços pensamentos sobre morte começaram a surgir, e a ideia de que eu estava me afogando lentamente tomou, de forma gentil e não indesejável, conta de mim. Se era triste, o estado de espírito que induzia era doce.

O que quer que estivesse acontecendo, minha alma acedeu a isso.

Eu não admitia estar doente, não consentiria em contar ao meu pai ou em chamar um médico.

Carmilla se tornou mais devota a mim do que nunca, e seus estranhos assomos de lânguida adoração ficaram mais frequentes. Ela costumava observar-me com ardor crescente à medida que minhas forças e ânimo diminuíam. Isso sempre me chocou, como um momentâneo reflexo de insanidade.

Sem saber, eu estava agora em um estado avançado da doença mais estranha da qual os mortais já sofreram. Havia uma fascinação inexplicável em seus sintomas iniciais, que mais do que me reconciliava com o efeito incapacitante desse estágio da doença. Essa fascinação cresceu por certo tempo, até chegar a tal ponto que, gradualmente, um senso de horror se misturou a ela, de forma profunda, como você vai ler, descolorindo e pervertendo toda a minha condição de vida.

A primeira mudança que experimentei fora bastante agradável. Foi muito próxima ao ponto de virada a partir do qual começou minha descida ao Averno[3].

---
3   Mítica porta para o reino dos Infernos, segundo os Romanos Antigos. (N. E.)

Certas sensações vagas e estranhas me visitavam em meus sonhos. A predominante era aquele agradável e peculiar frio que sentimos quando nos banhamos em um rio e nos movemos contra a sua correnteza. Ela era rapidamente acompanhada por sonhos que pareciam intermináveis e eram tão vagos que eu não conseguia me lembrar do cenário e das pessoas, ou de qualquer parte de sua ação. Mas deixavam uma impressão terrível e uma sensação de exaustão, como se eu tivesse passado por um longo período de esforço e perigo mental.

Depois de todos esses sonhos, ao acordar, permanecia uma lembrança de ter estado em um lugar muito escuro, de ter falado com pessoas que eu não podia ver, e especialmente da voz clara de uma mulher, muito profunda, que falava como que distante, lentamente, e que produzia sempre a mesma sensação indescritível de medo e solenidade. Às vezes vinha uma sensação, como se uma mão tivesse se movido delicadamente pela minha bochecha e pescoço. Às vezes era como se lábios quentes tivessem me beijado, mais e mais apaixonadamente à medida que eles se aproximavam da minha garganta, mas aí as carícias paravam. Meu coração batia mais rápido, minha respiração se tornava muito acelerada. Um soluçar que se elevava até atingir uma sensação de estrangulamento, e depois se transformava em uma convulsão terrível da qual meus sentidos me deixavam, e eu ficava inconsciente.

Havia três semanas desde o início desse estado inexplicável. Meus sofrimentos, durante a última semana, tinham se tornado evidentes na minha aparência. Fiquei mais pálida, meus olhos estavam dilatados e com olheiras escuras por baixo, e o langor, o qual eu já estava sentindo há um bom tempo, começara a se mostrar em meu semblante.

Meu pai me perguntava frequentemente se estava doente. Mas, com uma obstinação que agora me parece inexplicável, eu persistia em assegurá-lo que estava muito bem.

De certa forma, era verdade. Eu não tinha dor. Não podia me queixar de qualquer desarranjo corporal. Minha queixa parecia ser sobre a imaginação, sobre os nervos, e, por mais horrível que meu sofrimento fosse, eu o mantinha, com uma reserva mórbida, muito próximo a mim mesma.

Não poderia ser a terrível enfermidade que os camponeses chamavam de *oupire*, pois eu já estava sofrendo por três semanas, e eles raramente adoeciam por mais de três dias até que a morte pusesse um fim às suas misérias.

Carmilla reclamou de sonhos e sensações febris, mas de forma alguma tão alarmantes quanto os meus. Posso dizer que os meus eram extremamente alarmantes. Se eu tivesse sido capaz de compreender minha condição, teria suplicado por ajuda ou conselhos ajoelhada. O narcótico de uma influência insuspeita agia sobre mim, e minhas percepções foram entorpecidas.

Contar-lhe-ei agora um sonho que me levou diretamente a uma estranha descoberta.

Uma noite, em vez da voz que eu estava acostumada a ouvir no escuro, ouvi outra, doce e suave (e ao mesmo tempo terrível), que disse:

— Sua mãe está lhe avisando para ter cuidado com o assassino. — Ao mesmo tempo uma luz inesperada surgiu, e vi Carmilla parada próxima aos pés de minha cama, em sua camisola branca, banhada, do queixo aos pés, por uma grande mancha de sangue.

Acordei com um grito, tomada pela ideia de Carmilla estar sendo assassinada. Lembro-me de saltar de minha cama, e minha próxima lembrança era de estar parada no *lobby*, gritando por ajuda.

Madame e mademoiselle vieram correndo, alarmadas, de seus quartos. Uma lamparina sempre ardia no *lobby*, e, ao me ver, elas logo descobriram a causa de meu terror.

Insisti em bater à porta de Carmilla. As batidas não foram respondidas. E logo se tornaram mais rápidas e mais altas. Gritávamos seu nome, mas era em vão.

Todas fomos tomadas pelo terror, pois a porta estava trancada. Corremos de volta, em pânico, ao meu quarto. Lá, tocamos o sino longa e furiosamente. Se o quarto de meu pai fosse daquele lado da casa, o teríamos chamado para nos ajudar. Mas, infelizmente, estava fora do alcance, e chegar até ele envolvia uma excursão que nenhuma de nós tinha coragem de fazer.

Criados, no entanto, logo subiram as escadas correndo. Tinha colocado meu robe e pantufas enquanto isso, e minhas companhias já estavam igualmente vestidas. Reconhecendo as vozes dos criados no *lobby*, partimos juntas. E, tendo renovado infrutiferamente nossos chamados à porta de Carmilla, ordenei aos homens que forçassem a fechadura. Assim o fizeram, e ali permanecemos, segurando nossas lamparinas no alto, e então olhamos para dentro do quarto.

Chamamos ela pelo nome, mas não houve resposta. Procuramos pelo quarto. Tudo estava intacto. Estava exatamente do mesmo jeito que eu deixei ao desejar boa-noite a ela. Mas Carmilla não estava lá.

✝

VIII

Busca

À vista do quarto perfeitamente intacto, com exceção de nossa entrada violenta, começamos a estremecer e logo recuperamos nossos sentidos o suficiente para dispensar os homens. Mademoiselle veio a pensar que possivelmente Carmilla tenha acordado com os barulhos em sua porta e, em seu pânico inicial, pulou de sua cama e se escondeu na mobília, ou atrás de uma cortina, da qual ela não conseguia, obviamente, sair até que o mordomo ou os criados se retirassem. Nós então reiniciamos nossa busca e começamos a chamar por seu nome novamente.

Foi tudo em vão. Nossa perplexidade e agitação aumentaram. Examinamos as janelas, mas elas estavam trancadas. Implorei para que Carmilla, se estivesse escondida, parasse de nos pregar essa cruel peça, para que saísse e acabasse com nossas angústias. Era tudo inútil. Eu estava, a essa altura, convencida de que ela não estava no quarto, nem na câmara de vestir (porta a qual ainda estava trancada por dentro). Ela não poderia ter passado pela porta. Eu estava completamente perplexa. Teria Carmilla descoberto uma das passagens secretas que o antigo zelador disse que existiam no *schloss*, embora o conhecimento de suas localizações exatas tivesse se perdido? Um pouco de tempo deveria, sem dúvidas, explicar tudo — por mais perplexas que estivéssemos naquele momento.

Já passava das quatro horas, e eu preferia passar as demais horas de escuridão no quarto de madame. A luz do dia não trouxe solução ao nosso problema.

Toda a casa, sob a liderança de meu pai, estava em estado de agitação na manhã seguinte. Cada parte do castelo foi revistada. O terreno foi vasculhado. Nenhum rastro da moça perdida foi descoberto. O córrego estava prestes a ser dragado. Meu pai estava distraído. Que trágica história para se contar à mãe da pobre garota em sua volta! Eu, também, estava quase fora de mim, embora meu luto fosse de um tipo diferente.

Passamos a manhã em preocupação e agitação. Já era uma hora da tarde, e ainda não tínhamos notícias. Corri para o quarto de Carmilla, e a encontrei em sua penteadeira. Eu estava espantada. Não conseguia acreditar em meus olhos. Ela gesticulou, em silêncio, com seu belo dedo para que eu me aproximasse. Sua face expressava medo extremo.

Corri até ela em um êxtase de alegria. Beijei-a e abracei-a de novo e de novo. Corri até o sino e o bati veementemente, para trazer os outros ao lugar que poderia aliviar a angústia de meu pai.

— Querida Carmilla, o que lhe aconteceu por todo esse tempo? Estávamos em agonia e angústia por você — exclamei. — Onde você esteve? Como voltou?

— Noite passada foi uma noite de fantasia.

— Por piedade, explique tudo o que puder.

— Já passava das duas horas, na noite passada — começou —, quando fui dormir como de costume em minha cama, com as portas trancadas, a da câmara de vestir e a que dá acesso à galeria. Meu sono foi ininterrupto e, até onde eu saiba, sem sonhos. Mas acordei agora no sofá do quarto de vestir e encontrei a porta entre os quartos aberta e a outra forçada. Como tudo isso pôde acontecer sem que eu fosse acordada? Deve ter sido acompanhado por muito barulho, e eu sou particularmente fácil de ser acordada. E como eu poderia ter sido carregada de minha cama sem que meu sono fosse interrompido? Logo eu que me assusto com o mínimo de movimento.

Nesse momento, madame, mademoiselle, meu pai e uma quantidade de criados entraram no quarto. Carmilla estava, é claro, sobrecarregada com perguntas, felicitações e boas-vindas. Ela só tinha uma história para contar e parecia ser a pessoa menos capaz de sugerir minimamente o que quer que tenha acontecido.

Meu pai perambulava pelo quarto, pensando. Eu vi os olhos de Carmilla o seguindo por um momento com um olhar sombrio e astuto.

Quando meu pai mandou os criados embora, mademoiselle saiu em busca de uma pequena garrafa de valeriana e sal volátil, e não havendo ninguém no quarto com Carmilla, exceto meu pai, madame e eu, ele foi até ela cuidadosamente, pegou sua mão muito gentilmente, levou-a até o sofá e se sentou ao seu lado.

— Perdoar-me-ia, minha querida, se eu arriscasse uma conjectura e lhe fizesse uma pergunta?

— Quem mais poderia fazê-lo? — respondeu. — Pergunte o que quiser, e lhe direi. Mas minha história é simplesmente de perplexidade e escuridão. Eu não sei de absolutamente nada. Faça a pergunta que quiser. Mas você sabe, é claro, das limitações sob sobre os quais mamãe me colocou.

— Perfeitamente, minha querida. Não abordarei os tópicos aos quais ela deseja seu silêncio. Agora, a maravilha da noite passada consiste em você ter sido removida de sua cama e quarto, sem ter sido acordada, e com essa remoção tendo acontecido aparentemente enquanto todas as janelas ainda estavam trancadas, e as duas portas fechadas pelo lado de dentro. Dir-lhe-ei minha teoria e farei uma pergunta.

Carmilla estava apoiada em suas mãos, desanimada. Madame e eu estávamos ouvindo ansiosamente.

— Agora, minha pergunta é esta: alguma vez você já suspeitou ter andado durante o sono?

— Não, desde que eu era muito nova.

— Mas você já andou enquanto dormia quando era mais nova?

— Sim. Sei que já. Minha antiga babá me contou.

Meu pai sorriu e concordou.

— Bem, o que aconteceu foi isso. Você se levantou em seu sono, destrancou a porta, sem deixar a chave, como de costume, mas a levou e a trancou pelo lado de fora, e a carregou com você até algum dos vinte e cinco quartos deste andar, ou talvez do andar superior ou inferior. Existem tantos quartos e *closets*, tantas mobílias pesadas, tanto acúmulo de madeira, que demoraria uma semana para realizarmos uma busca completa por esta velha casa. Percebe, agora, o que quero dizer?

— Sim, percebo, mas não completamente — respondeu.

— E como, papai, você justifica ela se encontrar no sofá do quarto de vestir, o qual havíamos revistado tão cuidadosamente?

— Ela foi para lá depois de você revistar, ainda em seu sono, e enfim acordou espontaneamente e ficou tão surpresa em se encontrar onde estava como qualquer outro. Gostaria que todos os mistérios fossem tão fácil e inocentemente explicados quanto os seus, Carmilla — disse ele, rindo. — Então deveríamos nos parabenizar com a certeza de que a mais natural explicação do ocorrido não envolve remédios, arrombamento de portas, ladrões, envenenadores ou bruxas; nada que precisasse alarmar Carmilla, nem mais ninguém, para nossa satisfação.

Carmilla parecia encantadora. Nada poderia ser mais belo do que sua tonalidade. Sua beleza era, imagino, reforçada por aquela graciosa languidez peculiar a ela. Acho que meu pai estava silenciosamente comparando a aparência dela com a minha, pois disse:

— Gostaria que minha pobre Laura estivesse se parecendo mais com ela mesma. — E suspirou.

Então nossas angústias foram alegremente findadas, e Carmilla retornou a seus amigos.

O doutor

Como Carmilla não queria saber de um criado dormindo em seu quarto, meu pai providenciou um que pudesse dormir do lado de fora da porta, para que ela não tentasse outra excursão como aquela sem ser parada em sua própria porta.

Aquela noite se passou silenciosamente. E cedo na manhã seguinte, o doutor, o qual meu pai chamou sem me contar uma palavra, chegou para me ver.

Madame me acompanhou à biblioteca. E ali estava o pequeno doutor, com cabelos brancos e óculos, os quais eu mencionei antes, esperando para me receber.

Contei a ele minha história e, enquanto contava, ele ficava mais e mais sério.

Estávamos parados, eu e ele, no recanto de uma das janelas, nos encarando. Quando meu relato acabou, encostou seus ombros contra a parede; seus olhos estavam seriamente fixos em mim, com um interesse no qual havia uma pitada de horror.

Depois de um minuto de reflexão, perguntou para madame se poderia ver meu pai.

Ele foi chamado, como solicitado, e, enquanto entrava sorrindo, disse:

— Arrisco a dizer, doutor, que irá me falar que eu sou um bobo por tê-lo trazido até aqui. Espero que eu seja.

Mas seu sorriso se tornou obscuro enquanto o doutor, com um semblante muito sério, se aproximou dele.

Ele e o doutor conversaram por algum tempo no mesmo local onde eu havia me consultado com o médico. Parecia uma conversa séria e argumentativa. A sala era bem grande, e madame e eu ficamos juntas, ardendo de curiosidade, na extremidade oposta. Não conseguíamos ouvir uma palavra, pois eles falavam em um tom muito baixo, e o profundo recesso da janela ocultava o doutor, que estava muito próximo de meu pai (o qual só conseguíamos ver pés, braço e ombro). E as vozes eram, creio eu, as menos audíveis para o tipo de saleta que a grossa parede e janelas formavam.

Depois de um tempo, meu pai olhou para a sala. Estava pálido, pensativo e, imagino eu, agitado.

— Laura, querida, venha aqui por um instante. Madame, o doutor disse que não devemos lhe perturbar no momento.

Aproximei-me de forma obediente, e pela primeira vez estava um pouco preocupada. Pois, embora me sentisse muito fraca, não me sentia doente. E a força, como sempre se supõe, é algo que pode ser resgatado quando quisermos.

Meu pai ofereceu sua mão a mim enquanto chegava mais perto, mas ele estava olhando para o doutor e disse:

— É certamente muito estranho. Eu não entendo muito bem. Laura, venha cá, querida. Agora, responda ao doutor Spielsberg e tente se lembrar. Você mencionou uma sensação como se duas agulhas perfurassem a pele, em algum lugar de seu pescoço, na noite em que você vivenciou seu primeiro sonho horrível. Ainda há alguma dor?

— Nenhuma — respondi.

— Pode indicar com seu dedo onde acha que o fato ocorreu?

— Um pouco abaixo de minha garganta, aqui.

Eu usava um vestido que cobria o lugar para o qual apontei.

— Agora podemos tirar a dúvida — disse o doutor. — Se importaria se eu abaixasse um pouco a gola do seu vestido? É necessário para detectar um sintoma da queixa da qual vem sofrendo.

Eu consenti. Estava apenas três ou cinco centímetros abaixo de minha gola.

— Santo Deus! Aí está! — exclamou meu pai, empalidecendo.

— Agora o senhor pode ver... — disse o doutor, com um triunfo melancólico.

— O que é? — exclamei, começando a me assustar.

— Nada, minha jovem, além de um ponto azulado, do tamanho da ponta de seu dedo mindinho. E agora — continuou, virando-se para papai —, a pergunta é: o que é o melhor a se fazer?

— Há algum perigo? — exortei, com grande apreensão.

— Creio que não, querida — respondeu o doutor. — Não vejo por que você não deva se recuperar. Não há motivos para não começar a melhorar imediatamente. Este é o ponto no qual a sensação de estrangulamento começa?

— Sim — respondi.

— E tente se lembrar, da melhor forma possível: esse mesmo ponto foi uma espécie de centro dessa sensação que você acabou de descrever, como se uma corrente gelada atravessasse seu corpo?

— Deve ter sido. Acredito que foi.

— Bem, vê? — acrescentou, virando-se para meu pai. — Poderia trocar algumas palavras com madame?

— Certamente — disse meu pai.

Ele chamou madame para perto e disse:

— Vejo que minha jovem amiga está relativamente bem. Não haverá sérias consequências, espero. Mas é necessário que alguns cuidados sejam tomados, os quais lhe explicarei em detalhes. Mas, por enquanto, madame, será de grande valia se não deixar a senhorita Laura sozinha, em momento algum. Esta é a única recomendação que preciso lhes dar no presente momento. É indispensável.

— Podemos confiar em você, madame, eu sei — acrescentou meu pai.

Madame consentiu seriamente.

— E você, querida Laura, seguirá as recomendações do doutor.

— Devo pedir sua opinião sobre outra paciente, na qual os sintomas são um pouco parecidos com os de minha filha, que acabei de detalhar ao senhor — em um grau muito mais leve, mas acredito que do mesmo tipo. É uma jovem moça, nossa hóspede. Mas, como diz que retornará esta noite, pode fazer mais do que cear conosco e examiná-la. Ela não se levanta antes da tarde.

— Eu agradeço — disse o doutor. — Devo estar com vocês por volta das sete horas esta noite.

E então eles repetiram as recomendações a mim e à madame, e com sua despedida, meu pai nos deixou e acompanhou o doutor até a saída. E os vi caminhando juntos, de um lado para o outro entre a estrada e o fosso, na plataforma gramada em frente ao castelo, evidentemente absortos em uma séria conversa.

O doutor não retornou. Eu o vi montar em seu cavalo, despedir-se e cavalgar para o leste, pela floresta.

Quase ao mesmo tempo, vi um homem chegando de Dranfield com as cartas, desmontando e entregando a bolsa ao meu pai.

Enquanto isso, madame e eu estávamos ocupadas, perdidas em conjecturas sobre os motivos das recomendações sérias e singulares que o doutor e papai concordaram em nos passar. Madame (como me contou depois) estava com medo da súbita seriedade à qual se detive o doutor e que, sem assistência imediata, eu pudesse perder minha vida em um acesso, ou, no mínimo, ficasse seriamente debilitada.

Não me ocorreu uma interpretação. E eu imaginei, talvez graças ao meu nervosismo, que a recomendação fora feita apenas para garantir uma companhia, que poderia me prevenir de fazer muito esforço, ou ingerir uma fruta estragada, ou fazer qualquer das muitas coisas tolas as quais jovens são propensas a fazer.

Cerca de meia hora depois, meu pai entrou — com uma carta em sua mão — e disse:

— Esta carta está atrasada. É do general Spielsdorf. Ele deveria ter chegado ontem, mas deve chegar entre hoje ou amanhã.

Colocou a carta aberta em minha mão, mas não parecia feliz, como costumava ficar quando um convidado, especialmente um tão amado quanto o general, estava vindo.

Pelo contrário, parecia que ele desejava que ele estivesse no fundo do Mar Vermelho. Claramente havia algo em sua mente que optou por não divulgar.

— Papai, querido, vai me falar sobre isso? — disse, subitamente colocando minha mão em seu braço e olhando para seu rosto, tenho certeza, de forma suplicante.

— Talvez — respondeu, alisando carinhosamente o cabelo acima de meus olhos.

— O doutor acredita que estou muito doente?

— Não, querida. Ele acredita que, se as medidas certas forem tomadas, ficará boa novamente, pelo menos, no caminho certo para uma recuperação completa em um dia ou dois — respondeu, um pouco ríspido. — Gostaria que seu querido amigo, o general, tivesse escolhido uma outra hora. Isto é, gostaria que estivesse perfeitamente bem para recebê-lo.

— Mas, me diga, papai — insisti —, qual ele acredita ser meu problema?

— Nenhum. Não me incomode com perguntas — respondeu, mais irritado do que me lembro de já tê-lo visto. E, vendo que parecia magoada, suponho, me beijou e acrescentou: — Deve saber de tudo em um dia ou dois. Isto é tudo o que sei. Por enquanto, não deve atormentar sua cabeça com isso.

Ele se virou e deixou a sala, mas voltou antes que eu tivesse terminado de conjecturar e juntar as peças da estranheza disso tudo, apenas para dizer que estava indo a Karnstein, e pedira que a carruagem estivesse pronta ao meio-dia e que eu e madame deveríamos acompanhá-lo; ele ia ver o padre que vivia perto daquele local pitoresco, a negócios, e como Carmilla nunca o vira, ela poderia vir, quando descesse, com mademoiselle, que traria todo o necessário para um piquenique, que faríamos nas ruínas do castelo.

Ao meio-dia, como combinado, estava pronta, e não muito depois, meu pai, madame e eu partimos em nosso trajeto planejado.

Passando a ponte levadiça, viramos à direita e seguimos a estrada sobre a íngreme ponte gótica, em direção a oeste, para chegar ao vilarejo deserto e às ruínas do castelo de Karnstein.

Nenhuma estrada silvestre poderia ser mais bela. As terras se rompiam em morros e vales, todas adornadas por belas árvores, totalmente destituídas, da formalidade comparativa que o plantio artificial, cultura precoce e poda implicam.

As irregularidades do terreno muitas vezes desviam a estrada de seu curso e fazem com que ela margeie lindamente as encostas das depressões e as encostas mais íngremes das colinas, entre variedades de terreno quase inesgotáveis.

Virando em um desses pontos, nós, de repente, encontramos nosso velho amigo, o general, cavalgando em nossa direção, acompanhado por um criado em seu cavalo. Sua bagagem seguia em uma carroça alugada, que chamamos de vagão.

O general desmontou enquanto nós nos levantamos, e, após os cumprimentos usuais, foi facilmente persuadido a aceitar o lugar vago na carruagem e mandou seu cavalo com seu criado ao *schloss*.

Luto

Fazia cerca de dez meses desde a última vez que o vimos. Mas esse tempo foi o suficiente para trazer alterações de anos em sua aparência. Ele ficara mais magro. Uma tristeza e angústia tomaram o lugar da serenidade cordial que caracterizava seu semblante. Seus olhos azul-escuros, sempre penetrantes, agora brilhavam com uma luz austera sobre suas acinzentadas sobrancelhas desgrenhadas. Não era uma mudança que o luto geralmente causa, e ao abordar o assunto emoções mais raivosas pareciam aflorar.

Não muito depois de retomarmos a nossa viagem, o general começou a falar, com sua objetividade militar usual, sobre o luto, como ele chamou, o qual enfrentara na morte de sua amada sobrinha e cuidadora. E então rompeu em um tom de intenso rancor e fúria, reclamando das "artes demoníacas" às quais ela fora vítima e expressando, com mais exaspero do que piedade, seu pensamento de que o Céu não deveria tolerar tamanha monstruosa indulgência da luxúria e da malignidade do inferno.

Meu pai, imediatamente notando que algo de muito extraordinário havia acontecido, pediu-lhe, se não fosse muito doloroso, que detalhasse as circunstâncias que ele pensava justificar os fortes termos pelos quais se expressou.

— Contar-lhe-ei com todo o prazer — disse o general —, mas você não acreditaria em mim.

— Por que não? — perguntou.

— Porque — respondeu calorosamente — você não acredita em nada além dos seus próprios preceitos e ilusões. Lembro-me de quando eu também era como você, mas aprendi minha lição.

— Experimente — disse meu pai. — Não sou tão dogmático como supõe. Além do que, eu bem sei que você geralmente pede provas para o que acredita, e sou, então, fortemente predisposto a respeitar suas conclusões.

— Está certo em supor que eu não fui facilmente levado a acreditar no sobre-humano, pois o que vivenciei foi sobre-humano, e fui forçado por uma evidência extraordinária a acreditar no que ia contra, diametralmente, a todas as minhas teorias. Fui enganado por uma conspiração sobrenatural.

Apesar das declarações de confiança às propostas do general, vi meu pai, a esta altura, olhar para o amigo com o que pensei ser uma suspeita evidente de sua sanidade.

O general não percebeu, por sorte. Ele estava olhando com um ar curioso e nebuloso para as clareiras e paisagens da floresta que se abria diante de nós.

— Estão indo para as ruínas de Karnstein? — perguntou.
— Sim, é uma coincidência fortuita. Eu iria pedir para que me levassem lá para investigá-las. Tenho um objeto específico para explorar. Existe uma capela arruinada com várias das tumbas da família extinta, não existe?

— Sim, muito interessantes — disse meu pai. — Acredito que esteja pensando em reclamar o título e as terras?

Meu pai disse isso rindo, mas o general não retribuiu a risada, nem sequer um sorriso, que a cortesia exige da piada de um amigo. Pelo contrário, parecia sério e feroz, ruminando sobre uma questão que despertava sua raiva e horror.

— Algo muito diferente — disse ele, grosseiramente. — Quero desenterrar algumas daquelas nobres pessoas. Espero, com a graça de Deus, cometer um piedoso sacrilégio aqui, o qual salvará nossa terra de certos monstros e fará com que pessoas honestas possam dormir em suas camas sem serem assoladas por assassinos. Tenho coisas estranhas para lhe contar, meu caro amigo, que eu mesmo acharia incríveis alguns meses atrás.

Meu pai olhou para ele novamente, mas desta vez não com um olhar de suspeita, mas, sim, com um olhar de aguçada inteligência e preocupação.

— A casa de Karnstein — explanou papai — fora há muito extinta; há pelo menos cem anos. Minha querida esposa descendia maternalmente dos Karnsteins. Mas o nome e título deixaram há muito de existir. O castelo está em ruínas. O vilarejo, deserto. Faz cinquenta anos desde que a última fumaça de chaminé foi vista. Não sobrou nenhum telhado.

— Verdade. Ouvi muito sobre isso desde a última vez que nos vimos. Coisas que lhe surpreenderão. Mas é melhor eu relatar as coisas em ordem de ocorrência — disse o general. — Você viu minha querida pupila, minha filha, posso chamá-la assim. Nenhuma criatura poderia ser mais bela que ela, e há apenas três meses não havia ninguém mais estonteante.

— Sim, pobre coitada! Quando eu a vi pela última vez, era certamente muito adorável — respondeu meu pai. — Fiquei mais triste e chocado do que poderia lhe dizer, caro amigo. Sei que foi um golpe para você.

Ele tomou a mão do general e a apertou com firmeza. Lágrimas encheram os olhos do velho soldado. Ele não parecia tentar contê-las. Disse:

— Temos sido velhos amigos. Sabia que sentiria minha dor, já que não tenho filhos. Ela havia se tornado objeto de meu mais terno afeto e retribuía meu cuidado com uma afeição que alegrava minha casa e minha vida. Tudo isso se foi. Os anos que me restam na terra não devem ser muitos. Mas com a graça de Deus eu espero prestar um serviço à humanidade antes de morrer e servir a vingança dos Céus sobre os demônios que assassinaram minha pobre criança na primavera de seus sonhos e beleza!

— Você disse, ainda agora, que gostaria de relatar tudo como aconteceu — disse meu pai. — Peço que o faça. Garanto-lhe que não é a mera curiosidade o que me impele.

Nesse momento, nós havíamos alcançado o ponto na qual a estrada de Drunstall, pela qual o general havia vindo, diverge da estrada que seguia para Karnstein.

— Quão longe estamos das ruínas? — perguntou o general, parecendo ansioso.

— A cerca de dois quilômetros — respondeu meu pai. — Por favor, deixe-nos ouvir a história que estava prestes a nos contar.

À história

— De todo meu coração — disse o general, com esforço. E depois de uma breve pausa para organizar seu pensamento, ele iniciou uma das narrativas mais estranhas que já ouvi.

— Minha querida criança estava ansiosa para a visita que foi tão bondosamente organizada para ela com sua encantadora filha. Enquanto isso, tínhamos um convite para um velho amigo, Conde Carlsfeld, do qual o *schloss* fica a cerca de trinta quilômetros além de Karnstein. Era para participar da série de festas as quais, você se lembra, eram dadas a ele em homenagem ao seu ilustre visitante, o grão-duque Charles.

— Sim. E elas foram, creio eu, muito esplêndidas — comentou meu pai.

— Principescas! Sua hospitalidade, contudo, é de fato majestosa. Ele tinha a lâmpada do Aladdin. A noite na qual meu sofrimento teve início foi devotada a um baile de máscaras magnífico. A propriedade foi aberta e as árvores foram decoradas com lâmpadas coloridas. Houve uma exibição de fogos de artifício que nem mesmo Paris havia testemunhado. E a música... a música, você sabe, é minha fraqueza. Uma música tão arrebatadora!

A melhor banda de instrumentos, talvez, do mundo, e os melhores cantores que podiam ser encontrados de todas as grandes óperas da Europa. Conforme você caminhava por essas terras fantasticamente iluminadas, com o castelo banhado pelo luar refletindo uma luz rosada de suas longas fileiras de janelas, você conseguia ouvir essas vozes arrebatadoras roubadas do silêncio de algum bosque ou se erguendo dos botes sobre o lago. Eu me senti, enquanto via e ouvia, transportado para algum romance ou poesia de minha juventude.

"Quando os fogos acabaram, e o baile começou, retornamos ao nobre conjunto de salas aberto aos dançarinos. Um baile de máscaras, você sabe, é uma bela visão, mas um espetáculo tão brilhante desses eu nunca havia visto antes. Era uma assembleia muito aristocrática. Eu mesmo era quase o único 'ninguém' presente.

"Minha querida filha estava muito bonita. Ela não usou máscara. Sua empolgação e deleite adicionaram um indizível charme às suas feições, sempre adoráveis. Eu notei uma jovem moça, vestida magnificamente, mas usando uma máscara, que me pareceu observar minha protegida com extraordinário interesse. Eu a havia visto, no início da noite, no grande *hall*, e novamente, por alguns minutos, andando perto de nós, no terraço sob as janelas do castelo, fazendo a mesma coisa. Uma dama, também mascarada, séria e ricamente vestida, com um ar imponente como uma pessoa de estirpe, a acompanhava como uma dama de companhia.

"Se a jovem dama não tivesse usado uma máscara, eu poderia, é claro, ter muito mais certeza se ela estava realmente observando minha pobre querida. Eu agora estou certo de que ela estava.

"Agora estávamos em um dos salões. Minha pobre querida estava dançando e parou para descansar um pouco em uma das cadeiras próximas à porta. Eu estava próximo a ela. As duas moças que mencionei se aproximaram, e a mais nova sentou na cadeira ao lado de minha protegida enquanto sua companheira ficava ao meu lado, e por algum tempo se dirigiu a sua companheira, em um tom baixo de voz.

"Aproveitando-se do privilégio de sua máscara, ela se virou para mim, e com um tom de uma velha amiga e me chamando pelo nome, iniciou uma conversa comigo, a qual despertou a minha curiosidade. Ela se referiu a muitas ocasiões em que havia me encontrado — na corte e em distintas casas. Ela mencionou pequenos incidentes os quais eu já não me recordava, mas os quais, creio eu, estavam apenas suspensos em minha memória, pois eles instantaneamente voltaram à vida com sua menção.

"Fiquei cada vez mais curioso para descobrir quem ela era. Ela se desviou, de forma muito habilidosa e agradável, das minhas tentativas de desvendar sua identidade. O conhecimento que ela demonstrou de muitas passagens de minha vida me parecia muito inexplicável. E ela parecia ter um prazer natural em frustrar minha curiosidade e em me ver patinar, em minha grande perplexidade, de uma conjectura a outra.

"Enquanto isso, a jovem moça, a qual sua mãe chamava pelo estranho nome de Millarca, quando vez ou outra se dirigia a ela, tinha, com a mesma facilidade e graça, entrado em uma conversa com minha protegida.

"Ela se apresentou dizendo que sua mãe era uma velha conhecida minha. Falou sobre a audácia agradável que a máscara permitia. Conversava como uma amiga. Ela admirou seu vestido e insinuou muito bem sua admiração por sua beleza. Ela a entreteve com críticas risonhas sobre as pessoas que ocupavam o salão de festas e ria da diversão de minha pobre criança. Era muito espirituosa e vivaz quando desejava e, depois de um tempo, se tornaram boas amigas, e a jovem estranha baixou sua máscara, mostrando uma face bela e memorável. Eu nunca havia visto alguém assim antes, nem minha querida filha. Mas apesar de serem novas para nós, suas feições eram tão envolventes e adoráveis que era impossível não sentir uma forte atração.

E minha pobre menina sentiu. Nunca vi ninguém tão envolvida com outra pessoa no primeiro encontro, a não ser, é claro, pela própria estranha, que parecia ter entregado seu coração a ela.

"Enquanto isso, aproveitando-me da licença de um baile de máscaras, fazia algumas perguntas à dama mais velha.

"— Você me intrigou completamente — disse eu, rindo. — Não é o suficiente? Você, agora, não concordaria em estabelecermos termo iguais, e me faria a gentileza de remover sua máscara?

"— Poderia algum pedido ser mais desarrazoado? — respondeu. — Pedir a uma dama para ceder uma vantagem! Além disso, como sabe que pode me reconhecer? Anos fazem mudanças.

"— Como você pode verificar — respondi, com uma reverência, e, suponho, uma risada um tanto melancólica.

"— Assim como nos afirmam os filósofos — replicou. — Mas como como sabe que um vislumbre de minha face o ajudaria?

"— Devo me arriscar — respondi. — É vã a tentativa de se parecer com uma velha mulher. Sua silhueta a trai.

"— Anos, no entanto, se passaram desde a última vez que o vi, ou desde que me viu, pois é isso que considero. Millarca, ali, é minha filha. Não posso, então, ser jovem, mesmo na opinião de pessoas as quais o tempo ensinara a ser complacente e não gostaria de ser comparada com a memória que tem de mim. Você não possui máscara para remover. Não pode me oferecer nada em troca.

"— Meu pedido para que remova o adorno é dirigido à sua piedade.

"— E o meu, à sua, para que o deixe onde está — respondeu.

"— Bem, então, pelo menos, me dirá se é francesa ou alemã. Você fala ambas as línguas tão perfeitamente.

"— Não penso que deva lhe contar isso, general. Você pretende surpreender-me e está procurando o ponto exato de ataque.

"— Para todos os efeitos, não negará isso — disse eu —, que, estando honrado com sua permissão para conversar, devo saber como me referir a ti. Devo dizer madame La Comtesse?

"Ela riu e iria, indubitavelmente, me responder com outra evasiva — como se, de fato, eu pudesse mudar, por acidente, qualquer resultado em uma conversa em que todas as circunstâncias foram pré-arranjadas, como agora acredito, com a mais profunda astúcia.

"— Quanto a isso... — ela começou, mas fora interrompida, mal abrira os lábios, por um cavalheiro vestido de preto, que parecia particularmente elegante e distinto, com a desvantagem de que sua face era a mais mortalmente pálida que já vi, exceto na morte. Ele não usava máscara, mas um simples fraque masculino. E disse, com um sorriso, com uma reverência cortês e incomum:

"— Madame La Comtesse me permitiria dizer algumas palavras que possam ser de seu interesse?

"A dama rapidamente se virou para ele e tocou seu lábio em sinal de silêncio. Então me disse:

"— Guarde meu lugar, general. Devo retornar quando tiver trocado algumas palavras.

"E com essa orientação divertidamente dada, ela andou um pouco para o lado com o cavalheiro de preto, e conversaram por alguns minutos, aparentemente de forma muito séria. Eles então foram lentamente para longe, junto à multidão, e os perdi por alguns minutos.

"Eu passei o tempo quebrando a cabeça para tentar adivinhar a identidade da dama que parecia se lembrar de mim tão bem e pensava em me virar e, entrar na conversa entre minha linda protegida e a filha da condessa para tentar conseguir alguma informação que a surpreendesse quando ela voltasse, tendo seu nome, título, castelo e propriedades na ponta da língua. Mas neste momento ela voltou, acompanhada pelo homem pálido vestido de preto, que disse:

"— Retornarei e informarei madame La Comtesse quando sua carruagem estiver à porta.

"Ele se retirou com uma reverência."

Um pedido

"Então disse eu, com uma reverência:
"— Estamos prestes a perder a madame La Comtesse, mas espero que por apenas algumas horas.
"— Pode ser apenas por este tempo ou pode ser por algumas semanas. Foi muita falta de sorte ele falar comigo naquele instante. O senhor me reconhece?
"Eu a assegurei que não.
"— O senhor irá — disse ela —, mas não agora. Somos amigos mais antigos e mais próximos do que, talvez, suspeite. Não posso me identificar ainda. Devo em três semanas passar por seu lindo *schloss*, sobre o qual tenho perguntado. Devo então procurá-lo para conversarmos por uma ou duas horas e renovarmos nossa amizade na qual eu nunca penso sem memórias agradáveis. Neste momento, a notícia chegou a mim como um relâmpago. Devo me retirar agora e viajar por uma rota tortuosa, por mais de mil quilômetros, com a maior urgência que poderia haver. Minha perplexidade se multiplica. Estou apenas desencorajada, pela reserva obrigatória que mantenho quanto ao meu nome, a lhe fazer um pedido muito singular. Minha pobre filha ainda não recuperou suas forças. Seu cavalo caiu com ela, em uma caçada a qual ela

acompanhou para observar, sua mente ainda não se recuperou do choque, e nosso médico diz que ela não deve se exaltar por algum tempo, ainda. Viemos para cá, por conseguinte, em pequenos trajetos — de no máximo trinta quilômetros por dia. Devo agora viajar dia e noite, em uma missão de vida ou morte, uma missão de natureza crítica e momentânea a qual devo ser capaz de lhe explicar quando nos encontrarmos, assim espero, em algumas semanas, sem a necessidade de segredo algum.

"Ela continuou a fazer seu pedido, mas em um tom mais de alguém que busca uma concessão em vez de um favor.

"Mas isso era apenas no jeito de falar e que, como parecia, era bastante inconsciente. Pelos termos nos quais ela se expressou, nada poderia ser mais suplicante. O pedido era simplesmente para que eu consentisse em tomar conta de sua filha durante sua ausência.

"E esse foi, considerando tudo, um estranho (para não dizer um audacioso) pedido. Ela de alguma forma me desarmou, afirmando e admitindo tudo o que poderia surgir contra isso e confiando completamente em meu cavalheirismo. Ao mesmo tempo, pela fatalidade que parecia ter predeterminado tudo o que aconteceu, minha pobre filha veio até mim, em um baixo tom, rogando para que eu convidasse sua nova amiga, Millarca, a nos fazer uma visita. Ela havia acabado de sondá-la e pensou que, se sua mãe permitisse, ela gostaria muito.

"Em outro momento eu deveria tê-la dito para esperar um pouco, até que, pelo menos, soubéssemos quem elas eram. Mas não havia tempo para pensar. As duas damas me atacaram juntas, e devo confessar que a face bela e refinada da dama mais jovem, sobre a qual existia algo extremamente envolvente, assim como a elegância e imponência de um nobre nascimento, me cativou. E, totalmente dominado, eu submeti, e me comprometi muito facilmente, aos cuidados da jovem dama, a quem sua mãe chamava de Millarca.

"A condessa acenou para sua filha, que ouviu com muita atenção enquanto ela lhe falava, em termos gerais, como ela havia sido convocada repentina e categoricamente, e também arranjou que ficasse sob meus cuidados, adicionando que era um de seus mais confiáveis e valiosos amigos.

"Fiz, é claro, um discurso o qual a ocasião parecia exigir e me encontrei, pensando bem, em uma posição que eu não gostei nem um pouco.

"O cavalheiro de preto retornou e muito cerimonialmente conduziu a dama para fora do salão.

"O comportamento deste senhor fora apenas para me impressionar com a convicção de que a condessa era uma dama de maior importância do que seu modesto título me levara a assumir.

"Seu último pedido foi o de não tentar descobrir mais sobre ela do que eu já havia conseguido, até seu retorno. Nosso ilustre anfitrião, de quem ela era convidada, conhecia seus motivos.

"— Mas aqui — disse ela —, nem eu nem minha filha poderíamos permanecer seguras por mais de um dia. Eu retirei minha máscara imprudentemente por um momento, cerca de uma hora atrás, mas foi tarde demais, e imaginei que o senhor tivesse me visto. Então decidi buscar uma oportunidade de conversar um pouco mais com o senhor. Se eu confirmasse que o senhor, de fato, houvesse me visto, teria apelado para seu elevado senso de honra para manter meu segredo por algumas semanas. Quanto a isso, fico feliz que não tenha me visto. Mas se agora suspeita, ou, pensando melhor, deve suspeitar, quem eu sou, submeto-me, da mesma forma, inteiramente à sua honra. Minha filha guardará o mesmo segredo, e eu bem sei que o senhor irá, de tempos em tempos, lembrá-la de que não deve compartilhá-lo de maneira impensada.

"Ela sussurrou algumas palavras à sua filha, beijou-a apressadamente duas vezes e se retirou, acompanhada pelo pálido cavalheiro de preto, e desapareceu na multidão.

"— Na sala ao lado — disse Millarca —, há uma janela que dá para a porta de entrada. Gostaria de ver mamãe pela última vez para que lhe soprasse um beijo.

"Nós consentimos, é claro, e a acompanhamos até a janela. Olhamos para fora e vimos uma linda carruagem antiquada, com uma tropa de mensageiros e lacaios. Vimos a esguia silhueta do pálido cavalheiro de preto, enquanto ele segurava uma grossa capa de veludo, a colocava sobre os ombros da mulher e jogava o capuz sobre sua cabeça. Ela acenou com a cabeça para ele e tocou sua mão com a dela. Ele se curvou repetidamente quando a porta se fechou, e a carruagem começou a se mover.

"— Ela se foi — disse Millarca, com um suspiro.

"— Ela se foi — repeti para mim mesmo, pela primeira vez, nos apressados momentos decorridos desde meu consentimento, refletindo sobre a insensatez de minha atitude.

"— Ela não olhou para cima — disse a jovem moça, melancolicamente.

"— A condessa havia tirado sua máscara, talvez, e havia tomado o cuidado em não mostrar sua face — consolei eu. — E ela não poderia saber que estava à janela.

"Ela suspirou e olhou para mim. Era tão linda que eu cedi. Estava arrependido de ter repensado minha hospitalidade por um momento e me comprometi a recompensá-la pela grosseria não confessada de minha recepção.

"A jovem, recolocando sua máscara, se juntou à minha pupila para me persuadir a voltarmos para a área externa, onde o concerto se renovaria. Assim o fizemos e andamos pelo terraço que fica sob as janelas do castelo.

"Millarca se tornou muito próxima a nós e nos divertia com alegres descrições e histórias da maior parte das pessoas importantes que vimos no terraço. Gostava mais dela a cada minuto. Seu falatório sem teor de maldade era extremamente divertido para mim, que estive fora do mundo da nobreza por tanto tempo. Pensei na vida que ela daria às nossas, por vezes solitárias, noites em casa.

"O baile não acabou até que o sol estivesse quase despontando no horizonte. Agradava ao grão-duque dançar até essa hora; pessoas tão leais não poderiam ir embora ou pensar em dormir.

"Havíamos acabado de passar pelo salão cheio, quando minha protegida me perguntou onde estava Millarca. Pensei que ela estivesse ao seu lado, e ela pensou que estivesse ao meu. Fato era que a havíamos perdido.

"Todos os meus esforços em encontrá-la foram em vão. Temi que ela houvesse trocado, na confusão de nossa separação momentânea, outras pessoas por seus novos amigos e tivesse, possivelmente, os seguido e os perdido na extensa propriedade que fora aberta para nós.

"Agora, com toda a força, reconheci novamente a insensatez em ter assumido os cuidados de uma jovem moça sem ao menos saber seu nome. E como estava impedido por minhas promessas, cujas razões eu nada sabia, não poderia ao menos indicar em minhas perguntas que a jovem moça perdida era a filha da condessa que havia partido horas antes.

"Rompeu-se a manhã. Já estava claro antes que eu desistisse de minha busca. Não fora até duas da tarde que ouvimos qualquer coisa a respeito do desaparecimento.

"Perto daquele horário um criado bateu à porta de minha sobrinha, dizendo que havia sido encarregado por uma jovem dama, que parecia estar em grande aflição, de descobrir onde ela poderia encontrar o general barão Spielsdorf e a jovem sua filha, aos quais sua mãe a deixara sob cuidados.

"Não havia dúvida, a não ser pela ligeira imprecisão, que nossa jovem amiga havia aparecido. E assim se deu. Deus nos livre tivéssemos a perdido!

"Ela contou a minha filha uma história para explicar por que demorara tanto para nos encontrar. Ela explicou que, tarde da noite, havia entrado no quarto da governanta na tentativa de nos encontrar, mas caíra em um profundo sono, o qual, longo como foi, mal tinha sido suficiente para recuperar suas forças após as fadigas do baile.

"Naquele dia Millarca foi para casa conosco. Eu estava feliz, depois de tudo, por ter garantido uma companheira tão encantadora para minha querida menina."

✝

O lenhador

"Logo, no entanto, apareceram alguns inconvenientes. Em primeiro lugar, Millarca se queixava de cansaço extremo — a fraqueza que ficou de sua última enfermidade — e ela nunca saía de seu quarto até que a tarde estivesse bem avançada. Depois, descobriu-se acidentalmente que, embora ela sempre trancasse sua porta pelo lado de dentro e nunca tirasse a chave do lugar até que ela permitisse que a criada a ajudasse no toalete, ela indiscutivelmente se ausentava de seu quarto às vezes, ainda muito cedo pela manhã, e em vários momentos tardios no dia, o que ela pediu que fosse entendido como agitação por sua parte. Ela era vista frequentemente das janelas do *schloss*, ao raiar do dia, andando entre as árvores, em direção ao leste, como uma pessoa em transe. Isso me convenceu de que ela era sonâmbula. Mas essa hipótese não resolvia o enigma. Como ela saía de seu quarto deixando a porta trancada pelo lado de dentro? Como ela escapava da casa sem abrir portas ou janelas?

"Em meio às minhas perplexidades, uma angústia muito mais urgente se apresentou.

"Minha querida filha começou a perder sua feição e saúde, de uma forma tão misteriosa, e até mesmo horrível, que fiquei completamente aterrorizado.

"Ela fora primeiramente visitada por sonhos chocantes. Então, como ela imaginava, por um espectro, às vezes parecido com Millarca, às vezes com a forma de uma besta, indistinta, andando em volta dos pés de sua cama, de um lado para o outro.

"Por último vieram as sensações. Uma, não desagradável, mas muito particular, disse ela, que se parecia com o fluir de uma corrente gelada contra seu peito. E mais tarde, ela sentiu algo como se fosse um par de grandes agulhas a perfurando, um pouco abaixo da garganta, causando uma dor muito aguda. Noites depois, seguiu-se uma gradual e convulsiva sensação de estrangulamento. E então ficou inconsciente".

Eu podia ouvir distintamente cada palavra que o gentil e velho general estava dizendo, porque neste momento estávamos passando por uma grama curta que se espalhava dos dois lados da estrada, enquanto nos aproximávamos do vilarejo destelhado que não lançava fumaça de suas chaminés há mais de meio século.

Você deve imaginar o quão estranha me senti enquanto ouvia meus próprios sintomas sendo descritos com tanta exatidão, como vivenciados pela pobre garota que, não fosse a catástrofe que se seguiu, seria, naquele momento, visitante no castelo de meu pai. Deve supor, também, como me senti enquanto o ouvia detalhar os hábitos e as misteriosas peculiaridades que eram, de fato, os mesmos de nossa bela hóspede: Carmilla!

Uma vista se abriu na floresta. Estávamos surpreendentemente sob as chaminés e as empenas do vilarejo arruinado, e as torres e ameias do castelo desmantelado, ao redor do qual gigantescas árvores se agrupavam, pendendo sobre nós em suave reverência.

Como se fosse um sonho assustador, em silêncio desci da carruagem, pois estávamos pensando em uma multidão de coisas.

Logo seguimos pela subida e estávamos entre câmaras espaçosas, escadas sinuosas e corredores escuros do castelo.

— E esta fora, um dia, a residência palacial dos Karnsteins! — disse o velho general pausadamente, enquanto ele olhava para o vilarejo através de uma grande janela e via a ampla e ondulada vastidão da floresta. — Era uma família má, e aqui histórias foram escritas com sangue — continuou. — É atroz que eles devam, após a morte, continuar a assolar a raça humana com suas terríveis luxúrias. Lá está a capela dos Karnsteins, ali embaixo.

Ele apontou para as paredes acinzentadas da construção gótica parcialmente visível através da folhagem, ao final de uma descida íngreme.

— E eu ouço o machado de um lenhador — adicionou —, ocupado entre as árvores que nos cercam. Ele possivelmente conseguirá nos fornecer informações pelas quais estou em busca. — E apontou para o túmulo de Mircalla, a condessa Karnstein: — Essas ruínas preservam a tradição local de grandes famílias, cujas histórias morrem entre os ricos e nobres assim que as próprias famílias se tornam extintas.

— Temos um retrato, em casa, de Mircalla, a condessa Karnstein. Gostaria de vê-lo? — perguntou meu pai.

— Se tivermos tempo, caro amigo — respondeu o general. — Acredito ter visto o original; e um dos motivos que me levaram a você mais cedo do que esperava era explorar a capela a qual agora nos aproximamos.

— O quê? Ver a condessa Mircalla! — exclamou meu pai. — Por quê?! Ela está morta há mais de um século!

— Não tão morta quanto imagina, pelo que me disseram — respondeu o general.

— Confesso, general, você me intriga profundamente — respondeu meu pai, olhando para ele, imagino, por um momento com a mesma suspeita que detectei antes. Mas, ainda que houvesse raiva e repulsa, por vezes, no jeito do velho general, não havia nada de leviano.

— Ainda há para mim — disse ele, enquanto passávamos sob o pesado arco da igreja gótica (a qual suas dimensões poderiam ser justificadas pelo seu estilo arquitetônico) — apenas um assunto que possa me interessar durante os poucos anos que me restam na terra, que é empreender contra ela uma vingança que, com a graça de Deus, ainda pode ser realizada com um braço mortal.

— De qual vingança você fala? — perguntou meu pai, em espanto crescente.

— Falo em decapitar o monstro — respondeu ele, com uma raiva feroz e uma batida de pé que ecoava pesarosamente pela ruína sagrada; e sua mão cerrada estava ao mesmo tempo levantada, como se ele tentasse segurar um machado, enquanto cortava fervorosamente o ar.

— O quê?! — exclamou meu pai, mais confuso ainda.

— Para arrancar sua cabeça.

— Cortar fora sua cabeça!

— Sim, com um machado, com uma espada, ou com qualquer coisa que possa cortar sua garganta assassina. Você vai me entender — respondeu, tremendo de raiva. E correndo para fora, disse: — Essa viga servirá de assento. Sua querida filha está cansada. Deixe-a sentada, e irei, em poucas palavras, terminar minha história assustadora.

O bloco quadrado de madeira, que jazia no gramado da capela, formava um banco no qual eu estava muito feliz em me sentar; e enquanto isso o general chamava o lenhador, que havia removido alguns ramos que estavam sobre as paredes antigas. E, com o machado na mão, o forte e velho camarada ficou diante de nós.

Ele não poderia dizer nada sobre as lápides. Mas havia um velho homem, guarda-florestal segundo ele, que atualmente se encontra na casa do padre, a cerca de três quilômetros, e que poderia apontar qualquer lápide da antiga família Karnstein. E, por alguns trocados, ele concordou em buscá-lo, se emprestássemos um de nossos cavalos por pouco mais de meia hora.

— Está há muito tempo nesta floresta? — perguntou meu pai ao velho homem.

— Sou um lenhador aqui — respondeu em seu dialeto. — Sob as ordens do guarda estou na floresta por toda minha vida. Como foi meu pai antes de mim e assim por diante, por mais gerações que posso contar. Posso lhe mostrar a casa do vilarejo onde meus ancestrais viveram.

— Como o vilarejo ficou deserto? — perguntou o general.

— Foi assolado por fantasmas, senhor. Muitos foram seguidos até seus túmulos e ali identificados pelos testes comuns, extinguidos da maneira tradicional, por decapitação, por empalamento em estacas de madeira e por fogo. Mas não sem antes muitos aldeões terem sido mortos. Mas, depois de todos os processos de acordo com a lei... — continuou: — Com tantos túmulos abertos e tantos vampiros privados de sua horrível atividade, o vilarejo não estava a salvo. Mas um nobre morávio, que viajava por esses lados, ouviu como as coisas estavam e, sendo habilidoso, como muitas pessoas são com esses assuntos em seu país, ofereceu-se para livrar a vila de seu tormento. E então o fez: havendo uma lua brilhante naquela noite, ele subiu, logo depois do sol se pôr, às torres da capela aqui, de onde poderia ver claramente o cemitério abaixo dele. Pode ver por aquela janela. Desse ponto, ele vigiou até enxergar o vampiro saindo de seu túmulo e colocando do lado dele as mortalhas de linho com as quais fora sepultado, e então deslizou para o vilarejo, para assombrar seus habitantes.

"O estranho, tendo visto tudo isso, desceu do campanário, pegou as mortalhas de linho do vampiro e as carregou até o topo da torre, na qual ele havia subido novamente. Quando o vampiro voltou de suas rondas e não encontrou suas mortalhas, gritou furiosamente com o morávio, que o viu do topo da torre, e quem, em resposta, o convocou para subir e pegá-lo. Depois de aceitar seu convite, o vampiro começou a subir o campanário, e assim que alcançou as muralhas, o morávio, com um golpe de espada, rachou seu crânio em dois, lançando-o ao cemitério, para onde, descendo as escadas sinuosas, o estranho o seguiu e cortou sua cabeça fora; e no dia seguinte a entregou com o corpo aos aldeões, que devidamente empalaram os membros e os queimaram.

"Esse nobre morávio tinha a autorização do então chefe da família para remover a tumba de Mircalla, condessa Karnstein, o que ele efetivamente o fez, de modo que em pouco tempo seu local foi esquecido."

— Pode apontar onde ficava? — perguntou o general, seriamente.

O guarda balançou a cabeça e sorriu.

— Nenhuma alma viva poderia lhe dizer isso agora — disse ele. — Além do mais, dizem que o corpo foi removido. Mas ninguém tem certeza disso, também.

Após ter assim dito e com o tempo apertado, ele largou o machado e partiu, deixando-nos para ouvir o restante da estranha história do general.

O encontro

"Minha amada menina — retomou o general — estava rapidamente piorando. O médico que a atendeu falhou em providenciar qualquer diagnóstico de sua doença, uma vez que eu supunha tratar-se de uma doença. Ele viu minha preocupação e sugeriu uma consulta. Chamei um hábil doutor de Gratz.

"Vários dias se passaram antes de sua chegada. Ele era bom e piedoso, assim como um homem bem instruído. Vendo minha pobre protegida, os dois médicos foram para minha biblioteca a fim de discutirem e conferenciarem. Eu, da sala adjacente, de onde aguardava sua convocação, ouvia as vozes dos dois cavalheiros se erguendo em um tom mais agudo do que estritamente o de uma discussão filosófica. Bati à porta e entrei. Encontrei o velho médico de Gratz sustentando sua teoria. Seu rival o combatia com indisfarçável zombaria, acompanhada de explosões de risada. Essa manifestação indecorosa diminuiu e a discussão se encerrou com minha entrada.

"— Senhor — disse meu primeiro médico —, meu estudado irmão parece achar que deseja um feiticeiro e não um médico.

"— Perdão — disse o velho médico de Gratz, parecendo descontente. — Devo explicar minha visão do caso à minha própria maneira em uma outra hora. Eu temo, *Monsieur le General*, que por minhas habilidades e ciência não serei de bom uso. Antes de ir, ficaria honrado de sugerir-lhe algo.

"Ele parecia pensativo; sentou-se à mesa e começou a escrever.

"Profundamente desapontado, fiz minha reverência e, enquanto me virava para ir embora, o outro médico olhou sobre o ombro de seu companheiro que estava escrevendo, depois, dando de ombros, significativamente tocou sua própria testa.

"Essa consulta, então, me deixou exatamente no mesmo lugar em que eu estava. Saí para andar pelas terras, completamente distraído. O doutor de Gratz, em dez ou quinze minutos, me alcançou. Ele se desculpou por ter me seguido, mas disse que não poderia conscientemente ir embora sem trocar algumas palavras comigo. Disse-me que não poderia estar enganado. Nenhuma enfermidade natural exibia aqueles sintomas. E que a morte já estava próxima. Havia, no entanto, um dia, possivelmente dois, de vida. Se o ataque fatal fosse imediatamente contido, com muito cuidado e habilidade, sua força poderia retornar. Mas tudo agora dependia dos limites do irreversível. Mais um ataque poderia extinguir a última centelha de vitalidade, que já estava, a qualquer momento, pronta para se apagar.

"— E qual a natureza desse ataque que o senhor fala? — supliquei.

"— Coloquei tudo nesta nota, que entrego em suas mãos sob a condição de que a envie ao clérigo mais próximo, abra minha carta em sua presença e sob nenhuma hipótese a leia sem que ele esteja com o senhor. De outro modo, a desprezaria, e esta é uma questão de vida ou morte. Se o padre não estiver, então, você deve lê-la.

"Ele me perguntou, antes de partir finalmente, se eu gostaria de ver um homem curiosamente versado no assunto em questão, o qual, após ler sua nota, eu provavelmente me interessaria. Incentivou-me sinceramente para que fosse vê-lo; e então se despediu.

"O eclesiástico estava ausente, então li a carta sozinho. Em outros tempos, ou em outros casos, poderia ter sido objeto de minha zombaria. Mas quais charlatanices as pessoas não vão em busca como última chance, quando todos os meios conhecidos falharam e a vida de uma pessoa amada está em jogo?

"Nada, você dirá, pode ser mais absurdo do que a carta daquele homem estudado.

"Era monstruosa o suficiente para mandá-lo a um sanatório. Ele disse que a paciente sofria de visitas de um vampiro! As perfurações que ela descreveu como ocorridas próximas à garganta foram, insistiu, a inserção desses dois longos e finos dentes afiados, que, é sabido, são peculiares a vampiros. E não poderia haver dúvida, ele acrescentou, pois a bem definida presença da pequena marca lívida, que todos concordavam em descrever como induzida pelos lábios do demônio, e todos os sintomas descritos pela paciente estavam em exata conformidade com os reportados em todos os casos de similar visitação.

"Sendo completamente cético com a existência de qualquer entidade como um vampiro, a teoria sobrenatural que o bom médico forneceu, em minha opinião, era uma espécie de erudição e inteligência estranhamente associada à alucinação de alguém. Eu estava tão miserável, no entanto, que, em vez de não tentar nada, agi de acordo com as instruções da carta.

"Tranquei-me na escura sala de estar, que se abria sobre o quarto da pobre paciente, na qual uma vela queimava, e vigiei até que ela rapidamente caísse no sono. Permaneci à porta, espiando pela pequena fresta; minha espada estava apoiada na mesa ao meu lado, como minhas instruções pediam, até que, um pouco depois da uma hora, vi uma grande figura preta, muito indistinta, rastejar (como me parecia) sobre o pé da cama e rapidamente pular para a garganta da pobre garota, onde se transformou, de repente, em uma grande massa palpitante.

"Por alguns momentos eu fiquei petrificado. Então, saltei, com a espada em minhas mãos. A criatura preta de repente se contraiu, flutuando por cima da cama e foi pousar a cerca de trinta centímetros do pé da cama, e olhando fixamente para mim com ferocidade e horror, lá eu vi Millarca. Pensando não sei o quê, a atingi instantaneamente com minha espada. Mas a vi parada próximo à porta, ilesa. Horrorizado, a persegui e desferi novo golpe. Ela tinha ido embora. E minha espada foi bater de encontro à porta.

"Não posso descrever tudo o que se passou naquela noite horrível. Toda a casa estava acordada e agitada. O espectro de Millarca tinha ido embora. Mas sua vítima sucumbia rapidamente; e, antes que o sol raiasse, ela morreu."

O velho general estava agitado. Não falamos com ele. Meu pai tomou um pouco de distância e começou a ler as inscrições nas lápides. E assim ocupado, ele saiu pela porta lateral da capela para prosseguir com suas buscas. O general se encostou na parede, secou seus olhos e suspirou pesadamente. Eu estava aliviada em ouvir as vozes de Carmilla e madame, que se aproximavam naquele momento. As vozes sumiram.

Naquela solidão, tendo acabado de ouvir uma história tão estranha, ligada, como era, com os grandes e nobres mortos cujas lápides se desfaziam entre a poeira e a hera ao redor de nós, pensando em cada incidente que se assemelhava tão terrivelmente ao meu próprio e misterioso caso — naquele local assombrado, obscurecido pela folhagem imponente que crescia por todos os lados, densa e alta acima das suas paredes silenciosas —, um horror começou a se apossar de mim, e meu coração afundou ao pensar que minhas amigas, depois de tudo, não estavam prestes a entrar e perturbar aquela cena triste e sinistra.

Os olhos do velho general estavam fixos no chão, enquanto ele inclinava sua mão sobre a cova de uma lápide quebrada.

Sob uma estreita e arqueada entrada, encimada por uma dessas figuras demoníacas que a cínica e medonha fantasia do velho gótico encontrava prazer em esculpir, eu vi com muito prazer a face e a figura de Carmilla entrando na capela sombria.

Eu estava prestes a levantar, falar e balançar a cabeça sorrindo, em resposta ao seu sorriso particularmente envolvente quando, com um grito, o velho homem ao meu lado pegou o machado do lenhador e seguiu em frente. Ao vê-lo, uma mudança brutal tomou as feições dela. Foi uma instantânea e horrível transformação, enquanto ela recuava. Antes que eu pudesse soltar um grito, ele a atacou com toda sua força, mas ela desviou e ilesa o pegou pelo pulso com seu pequeno punho. Ele lutou por um momento para soltar seu braço, mas sua mão se abriu, o machado caiu no chão e a garota havia ido embora.

Ele cambaleou contra a parede, com o cabelo branco caindo em seu rosto e o suor brilhando em sua face, como se ele estivesse no momento da morte.

A cena aterrorizante tinha passado rapidamente. A primeira coisa da qual me lembro depois disso é de madame parada diante de mim, e repetindo impacientemente, de novo e de novo, a pergunta:

— Onde está mademoiselle Carmilla?

Respondi lentamente:

— Não sei, não posso dizer, ela foi para lá. — E apontei para a porta pela qual madame acabara de entrar. — Há apenas um ou dois minutos.

— Mas eu fiquei ali, na passagem, desde que mademoiselle Carmilla entrou. E ela não retornou.

Ela então começou a chamar "Carmilla" por todas as portas e passagens e janelas, mas nenhuma resposta veio.

— Ela se chamava Carmilla? — perguntou o general, ainda agitado.

— Carmilla, sim — respondi.

— Sim — disse. — Aquela é Millarca. É a mesma pessoa que há muito se chamava Mircalla, a condessa Karnstein. Saia deste solo amaldiçoado, minha pobre criança, o mais rápido que puder. Dirija-se à casa do clérigo e fique lá até chegarmos. Vá embora! Você nunca mais deverá ver Carmilla novamente. Você não a encontrará aqui.

Provação e execução

Enquanto ele falava, um dos homens mais estranhos que já vi na vida entrou na capela pela porta na qual Carmilla fizera sua entrada e saída. Ele era alto, curvado, de peito estreito e ombros largos, vestido de preto. Sua face era morena e seca com profundos sulcos. Vestia um chapéu estranho com uma folha larga; seu cabelo, longo e grisalho, pendia sobre seus ombros. Usava um par de óculos dourados e andava vagarosamente, com uma estranha marcha cambaleante, com sua face às vezes voltada para o céu, e às vezes voltada para o chão. Parecia ter um sorriso perpétuo. Seus longos braços balançavam, e suas mãos finas, em luvas pretas muito grandes para elas, acenavam e gesticulavam em profunda abstração.

— O homem! — exclamou o general, avançando em alegria manifesta. — Meu caro barão, quão feliz estou em vê-lo, não tinha esperança em encontrá-lo tão cedo. — Ele acenou ao meu pai, que havia retornado, e levou o fantástico velho senhor, o qual chamava de barão, para encontrá-lo. Apresentou-se formalmente, e eles entraram em uma conversa muito séria.

O estranho pegou um rolo de papel de seu bolso e o jogou na superfície gasta de uma tumba ao lado. Tinha um lápis em sua mão, com o qual traçou linhas imaginárias de um ponto a outro no papel, que eles frequentemente olhavam, juntos, para em seguida olhar para certos pontos da construção, dessa forma, concluí que se tratava de uma planta da capela. Ele acompanhou (o que chamarei de sua palestra) com leituras ocasionais de um pequeno livro sujo, cujas folhas amarelas foram cuidadosamente escritas.

Caminharam lentamente pela nave lateral, do lado oposto ao qual eu estava. Então começaram a medir a distância com passos e finalmente ficaram juntos, encarando uma parte da parede lateral, que começaram a examinar minuciosamente; tirando a hera grudada nela e tirando o estuque com a ponta de suas bengalas, raspando aqui e batendo ali. E então verificaram a existência de uma larga pedra de mármore, com letras inscritas sobre ela.

Com a ajuda do lenhador, que logo retornou, uma inscrição monumental e um escudo esculpido foram revelados. Eles provaram ser os da lápide perdida de Mircalla, a condessa Karnstein.

O velho general, apesar de não estar em um estado de espírito para orações, ergueu suas mãos e olhos para o céu, em silencioso agradecimento por alguns minutos.

Então eu o ouvi falar:

— Amanhã o comissário estará aqui, e a Inquisição terá prosseguimento de acordo com a lei.

Então, voltando-se para o velho homem de óculos dourados, que eu descrevera, o balançou calorosamente com as duas mãos e disse:

— Barão, como posso lhe agradecer? Como todos nós podemos agradecer-lhe? Você livrará essa região de uma praga que assola seus habitantes por mais de um século. O horrível inimigo, graças a Deus, está ao menos rastreado.

Meu pai se afastou com o estranho, e o general os seguiu. Sei que ele os levou para longe a fim de relatar meu caso, e os vi olhando rapidamente para mim com frequência, enquanto a discussão prosseguia.

Meu pai veio até mim, beijou-me muitas vezes e, levando-me para fora da capela, disse:

— É hora de retornar, mas, antes de irmos para casa, devemos adicionar ao grupo o bom padre, que vive não muito longe daqui. E convencê-lo a nos acompanhar ao *schloss*.

Nessa missão fomos bem-sucedidos: eu estava feliz, embora inexplicavelmente cansada quando chegamos em casa. Mas minha satisfação se tornou desânimo, ao descobrir que não havia sinais de Carmilla. Da cena que ocorrera na capela arruinada, nenhuma explicação fora feita a mim, e estava claro que era um segredo que meu pai estava determinado a guardar de mim, por enquanto.

A sinistra ausência de Carmilla tornou a lembrança da cena ainda mais horrível para mim. Os preparativos para a noite foram singulares. Dois criados e madame ficariam em meu quarto naquela noite. E o padre e meu pai mantinham vigia na câmara de vestir adjacente.

O padre realizou alguns rituais solenes naquela noite, e eu não compreendia os objetivos disso mais do que compreendia a razão dessa extraordinária precaução tomada para minha segurança durante o sono.

Compreendi tudo isso claramente alguns dias depois.

O desaparecimento de Carmilla foi seguido pela interrupção de meus sofrimentos noturnos.

Você já ouviu, sem dúvidas, sobre a superstição aterrorizadora que predomina no Norte e no Sul da Estíria, na Morávia, Silésia, na Sérvia-Turca, na Polônia e até mesmo na Rússia. A superstição, como devemos chamá-la, do vampiro.

Se os testemunhos humanos — tomados com muito cuidado e solenidade, judicialmente, diante de inumeráveis comissões, cada uma constituída de muitos membros (todos escolhidos por integridade e inteligência), constituídos de registros mais volumosos do que os já existentes sobre qualquer outra classe de casos — valem alguma coisa, é difícil negar, ou até mesmo duvidar, da existência de tamanho fenômeno como o do vampiro.

De minha parte, não ouvi nenhuma teoria que explicasse o que eu havia testemunhado e vivenciado, senão a sustentada pelo ancião e pela bem-aceita crença do país.

No dia seguinte, os procedimentos formais se deram na capela de Karnstein.

O túmulo da condessa Mircalla fora aberto. O general e meu pai reconheceram cada um sua bela e pérfida hóspede, com a face agora revelada. As feições, embora tivessem passado cento e cinquenta anos desde seu funeral, estavam coradas com o calor da vida. Seus olhos estavam abertos. Nenhum cheiro cadavérico exalava do caixão. Os dois homens médicos, um oficialmente presente e o outro da parte da promotoria do inquérito, atestaram o maravilhoso fato de que havia uma fraca, mas aparente respiração, e um fenômeno similar com o coração. Os membros estavam perfeitamente flexíveis, a carne elástica. E o caixão de chumbo estava cheio de sangue, no qual, a uma profundidade de dezoito centímetros, o corpo jazia imerso.

Então todos atestaram sinais e provas de vampirismo. O corpo, portanto, de acordo com a velha prática, fora alçado, e uma afiada estaca fincada no coração da vampira, que rompeu em um grito penetrante, muito parecido como o que deve escapar de uma pessoa viva em sua última agonia. Então a cabeça foi arrancada fora, e uma corrente de sangue jorrou do pescoço destroçado. O corpo e a cabeça foram colocados em uma pilha de madeira e reduzidos a cinzas, que foram jogadas no rio e levadas embora; e aquele território nunca mais fora assolado pelas visitas de um vampiro.

Meu pai tem uma cópia do relatório da Comissão Imperial, com as assinaturas de todos os presentes durante os procedimentos anexas, como confirmação do depoimento. Foi a partir desse documento oficial que eu resumi minha versão da última cena chocante.

Conclusão

Escrevo tudo isso, vocês devem imaginar, com compostura. Pelo contrário, não consigo pensar sobre isso sem agitação. Nada além de seu desejo mais profundo repetidamente expresso poderia ter me persuadido a sentar para uma tarefa que tem desequilibrado meus nervos nos últimos meses e que traz lembranças do horror indescritível que, mesmo anos depois de minha libertação, continua a tornar meus dias e noites terríveis e a solidão insuportável.

Deixe-me adicionar uma palavra ou duas sobre aquele singular barão Vordenburg, ao qual a curiosa tradição é devedora pela descoberta do túmulo da condessa Mircalla.

Ele havia assumido sua moradia em Gratz, onde, vivendo em miséria (o que foi tudo o que restara para ele das terras esplêndidas que um dia foram de sua família) no norte da Estíria, se dedicou à minuciosa e trabalhosa investigação da surpreendentemente bem documentada tradição do vampirismo. Tinha em suas mãos todos os grandes e pequenos trabalhos sobre o assunto.

Magia Posthuma, *Phlegon de Mirabilibus*, *Augustinus de cura pro Mortuis*, *Philosophicae et Christianae Cogitationes de Vampiris*, de John Christofer Herenberg, e milhares de outros, entre os quais eu me lembro de apenas alguns dos que ele emprestou para meu pai. Ele tinha um grande volume de todos os casos judiciais, dos quais extraíra um sistema de princípios que pareciam reger — alguns sempre e outros apenas ocasionalmente — a condição de vampiro. Devo mencionar, rapidamente, que a palidez mortal atribuída a esse tipo de assombração é mera ficção dramática. Eles apresentam, no túmulo e quando se mostram na sociedade humana, uma aparência saudável. Quando expostos à luz em seus caixões, eles exibem todos aqueles sintomas que foram enumerados como prova da vida vampiresca da condessa Karnstein, há muito tempo morta.

Como escapam de seus túmulos e retornam para eles por certas horas todos os dias, sem retirar a terra ou deixar traço algum de distúrbio no estado do caixão ou das sepulturas, sempre foi admitido como totalmente inexplicável. A existência anfíbia dos vampiros é sustentada pela renovação de sono diária no túmulo. Sua luxúria horrível por sangue vivo mantém o vigor de sua existência quando estão acordados. O vampiro é propenso a ficar fascinado com uma cativante veemência, semelhante à paixão do amor, por algumas pessoas. Em busca disso, ele exercita paciência e estratagemas inesgotáveis, pois o acesso a um determinado objeto pode ser obstruído de várias maneiras. Ele nunca desiste até que tenha saciado sua paixão e drenado o último sopro de vida de sua cobiçada vítima. Mas irá, nesses casos, unir e prolongar seu prazer homicida com o refinamento de um *sommelier* e ampliará isso pela aproximação gradual de um engenhoso cortejo. Nesses casos, parece ansiar por algo como simpatia e consentimento. Nos casos mais comuns, vai direto ao ponto, domina com violência e estrangula e exaure frequentemente com um único golpe.

O vampiro é, aparentemente, sujeito, em algumas situações, a condições especiais. No caso particular que lhe relatei, Mircalla parecia estar limitada a um nome ao qual, não fosse o real, deveria ao menos reproduzir (sem a omissão ou adição) todas as letras, formando o que chamamos de anagrama. Carmilla fez isso, assim como Millarca.

Meu pai relatou ao barão Vordenburg, que permaneceu conosco por mais duas ou três semanas após a expulsão de Carmilla, a história sobre o nobre morávio e o vampiro no cemitério Karnstein; e então ele perguntou ao barão como ele havia descoberto a exata posição da tumba há muito tempo escondida de condessa Mircalla. As feições grotescas do barão se franziram em um misterioso sorriso. Ele olhou para baixo, ainda sorrindo, para a sua caixa de óculos e se atrapalhou com ela. Então, olhando para cima, disse:

— Eu tenho muitos diários, e outros trabalhos, escritos por aquele homem memorável. O mais curioso entre eles é o que trata da visita da qual o senhor fala, aos Karnsteins. A tradição, é claro, diverge e distorce um pouco. Ele pode ter sido intitulado um nobre morávio, por ter mudado sua moradia para aquele território, e ser, apesar de tudo, um nobre. Mas era, na verdade, nativo do norte da Estíria. É razoável dizer que em sua juventude ele fora um apaixonado e favorecido amante da bela Mircalla, a condessa Karnstein. Sua morte precoce o levou a um luto inconsolável. É da natureza dos vampiros crescer e multiplicar, mas de acordo com uma lei determinada e fantasmagórica. Presuma, a princípio, um território perfeitamente livre daquela peste. Como ela começa e como se multiplica? Dir-lhe-ei. Uma pessoa, mais ou menos assombrada, comete a própria morte. Um suicida, sob certas circunstâncias, se torna um vampiro. Seu espectro visita pessoas vivas em seus sonhos. Elas morrem e quase invariavelmente, em seu túmulo, se transformam em vampiros. Isso aconteceu no caso da bela Mircalla, que foi assombrada por um desses demônios. Meu ancestral, Vordenburg, cujo título eu ainda carrego, logo descobriu isso; e, nos estudos aos quais se dedicou, aprendeu muito mais.

"Entre outras coisas, ele concluiu que a suspeita de vampirismo provavelmente cairia, mais cedo ou mais tarde, sobre a condessa, que em vida tinha como ídolo. Ele imaginou o horror que seria, mesmo sendo o que ela era, em ter seus restos mortais profanados pelo ultraje de uma execução póstuma. Ele deixou um trabalho curioso que prova que o vampiro, ao ter sua existência anfíbia extinta, é projetado para uma vida ainda mais horrível. E resolveu salvar sua amada Mircalla disso.

"Adorou o estratagema de viajar até aqui, fazer uma falsa remoção dos restos mortais e uma verdadeira destruição da lápide. Com o passar dos anos, quando a velhice chegou, olhou para o cenário que estava deixando e considerou, com um espírito diferente, o que havia feito — e um horror tomou posse dele. Fez rascunhos e notas que me guiaram ao mesmo lugar e escreveu uma confissão da fraude que havia praticado. Se pretendia ir mais longe neste assunto, a morte o impediu. E a mão de um descendente remoto foi a que direcionou, tarde demais para muitos, a busca do covil da besta."

Conversamos um pouco mais. Entre outras coisas que disse, houve esta:

— Um dos sinais do vampiro é a força das mãos. A esguia mão de Mircalla fechou-se como uma prensa de aço no punho do general quando ele ergueu o machado para acertá-la. Mas seu poder não está restrito somente ao seu aperto. Ele também deixa uma dormência no membro que toca, que pode, com sorte, se recuperar lentamente.

Na primavera seguinte, meu pai me levou para um *tour* pela Itália. Ficamos longe por mais de um ano. Demorou muito para que o terror dos eventos recentes diminuísse. E, neste momento, a imagem de Carmilla retorna à memória com alternâncias ambíguas: às vezes a divertida, lânguida, bela garota; às vezes o demônio contorcido que vi na igreja arruinada. E com frequência sou despertada de um devaneio, acreditando ter ouvido o passo leve de Carmilla à porta da sala de estar.

FIM

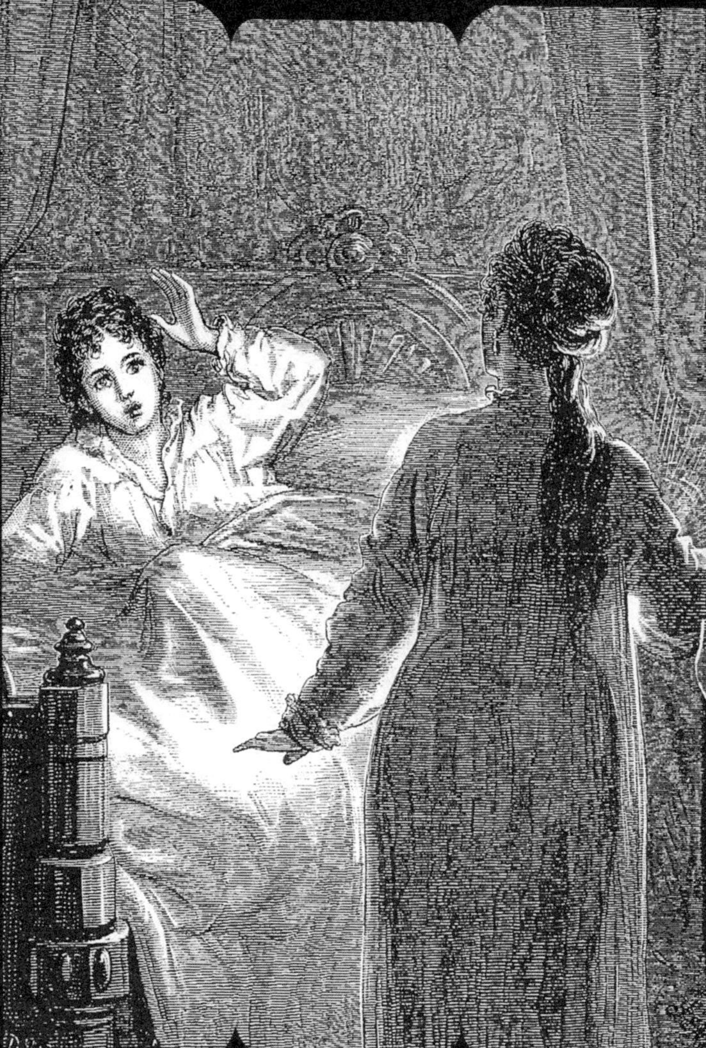

O autor

Joseph Sheridan Le Fanu

Joseph Sheridan Le Fanu é uma figura importante entre os autores vitorianos de ficção gótica e sobrenatural. Os críticos elogiam seus contos e romances por suas descrições evocativas de cenários físicos, uso convincente de elementos sobrenaturais e caracterização perspicaz. Os estudiosos também observam que os exames sutis de Le Fanu da vida psicológica de seus personagens distinguem suas obras das de escritores góticos anteriores.

Considerado "o pai da história de fantasmas inglesa", o autor irlandês Joseph Sheridan Le Fanu (1814-1873) é reconhecido por combinar convenções literárias góticas com técnica realista para criar contos de percepção psicológica e terror sobrenatural. Entre suas obras mais conceituadas está In a Glass Darkly (1872), uma coleção de histórias de terror que inclui o exemplo mais antigo de uma história de vampiro na literatura inglesa.

Obras em contexto literário
Le Fanu nasceu no período romântico tardio, e seu interesse pelo macabro, que encontrou expressão no romance gótico, foi o principal estímulo à sua imaginação literária. Todos os romances de Le Fanu dependem de mistério, muitas vezes assassinato.

É comum falar de Le Fanu como um escritor dentro da tradição do romance gótico. Ainda que o gótico seja um termo difícil de conceituar corretamente, Le Fanu tem aspectos em comum com os melhores expoentes da "arte gótica" por sua habilidade na criação da atmosfera: a paisagem e os edifícios são dotados de um ar de ameaça e de mistério. M.R. James, um dos melhores escritores de histórias de fantasmas do século XX e que saudou Le Fanu como "o mestre de todos nós", escreveu que um elemento importante em uma história de fantasmas de sucesso é que ela não deve se explicar. A sensação de mistério deve permanecer no final — não pode ser explicada por nenhum processo lógico. Le Fanu demonstra isso de maneira ideal.

Ovalg

Vampiro

Um conto
por John William Polidori

Polidori, pintado por F. G. Gainsford.

Em junho de 1816, John Polidori, Percy e Mary Shelley e Claire Clairmont visitavam o poeta Lord Byron, que, durante uma brincadeira, sugeriu que cada um deles escrevesse uma história sobre fantasmas. Ambos *Frankenstein* e *O Vampiro* são resultados desse desafio. Polidori era o médico de Byron na época.

Como parte do desafio, Byron escreveu um fragmento de uma história que Polidori usou como inspiração para seu próprio conto. *O Vampiro* foi publicado pela primeira vez em abril de 1819, na *New Monthly Magazine*, sob o título *The Vampyre: A Tale of Lord Byron*, aparecendo como um livro de Byron, na primeira edição. Byron negou a autoria e seu nome foi removido na segunda edição.

A história imediatamente caiu no gosto popular, em grande parte pelo fato de ser atribuída a Byron, mas, principalmente, por ser uma das primeiras a concretizar o mito e dar a ele a cara que tem ainda hoje: um demônio aristocrata que ataca entre a alta sociedade.

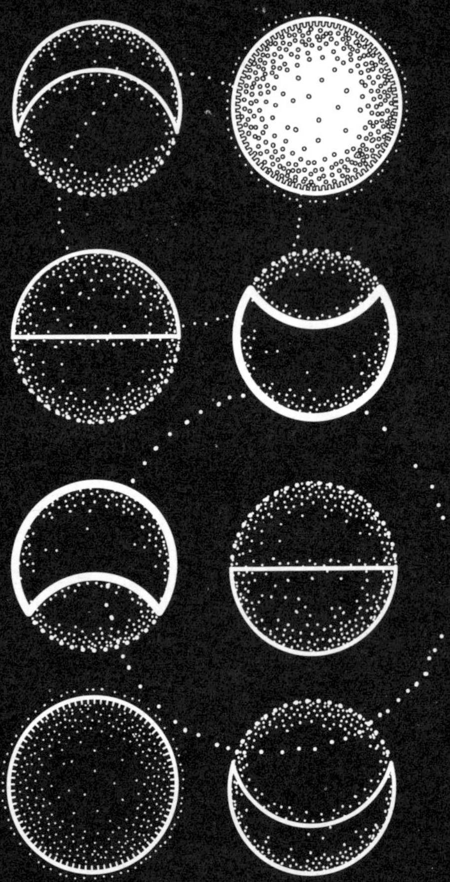

Excerto de uma carta ao editor, de Genebra

"Respiro livremente nas proximidades deste lago; o solo sobre o qual piso foi subjugado desde os primeiros tempos; os principais objetos que imediatamente me chamam a atenção trazem à minha lembrança cenas nas quais o homem agiu como o herói e foi o objeto de interesse. Sem olhar para os tempos antigos de batalhas e cercos, aqui está o busto de Rousseau – aqui está uma casa com uma inscrição que indica que o filósofo de Genebra respirou pela primeira vez sob seu teto. Um pouco fora da cidade está Ferney, a residência de Voltaire; onde aquele personagem maravilhoso, embora certamente em muitos aspectos desprezível, recebeu, como os eremitas de outrora, as visitas de peregrinos, não só de sua própria nação, mas das fronteiras mais longínquas da Europa. Aqui também está a morada de Bonnet e, alguns passos adiante, a casa daquela mulher surpreendente, madame de Staël: talvez a primeira de seu sexo que realmente alcançou a igualdade com o homem mais nobre, tão frequentemente reivindicada. Já tivemos antes mulheres que escreveram romances e poemas interessantes, nos quais seu tato para observar personagens de sala de visitas as beneficiou; mas nunca, desde os dias de *Héloïse*, aqueles dons que são peculiares ao homem foram desenvolvidos como a possível herança da mulher. Embora mesmo aqui, como no caso de *Héloïse*, nosso sexo não tenha sido retrógrado ao afirmar a existência de um Abeilard na pessoa de M. Schlegel como o inspirador de suas obras. Mas, para prosseguir: do mesmo lado do lago, Gibbon, Bonnivard, Bradshaw e outros marcam, por assim dizer, as etapas de nosso progresso; enquanto do outro lado há uma casa, construída por Diodati, o amigo de Milton, que conteve dentro de suas paredes, por vários meses, aquele poeta que tantas vezes lemos juntos e que – se as paixões humanas permanecem as mesmas, e os sentimentos humanos, como acordes, ao serem varridos pelos impulsos da natureza, vibrarão como antes – será colocado pela posteridade na primeira fila de nossos poetas ingleses. Você já deve ter ouvido, ou o *Canto III* de *Childe Harold* o terá informado, que Lord Byron residiu muitos meses nesta vizinhança. Fui com alguns amigos há alguns dias, depois de ter visto Ferney, conhecer esta mansão. Pisei naquele chão com os mesmos sentimentos de admiração e respeito que tivemos, juntos, ao caminhar pela casa de Shakespeare em Stratford. Sentei-me em uma cadeira da sala de estar e percebi que estava descansando naquele que havia se tornado seu assento constante. Encontrei uma criada que morou com ele; ela, entretanto, me deu poucas informações. Ela apontou para seu quarto, que ficava no mesmo andar da sala de estar e da sala de jantar, e me informou que ele se retirava para descansar às três, levantava-se às duas e gastava bastante tempo fazendo sua higiene; que nunca dormia sem um par de pistolas e uma adaga ao lado e que nunca comia carne animal. Ele aparentemente passava parte do dia no lago em um barco inglês. Há uma varanda na sala de estar que dá para o lago e a cordilheira do Jura; e imagino que dali ele deve ter contemplado a tempestade tão magnificamente descrita no *Canto III*; pois você tem a partir dali uma visão mais ampla de todos os pontos que ele descreve. Posso imaginá-lo como o pinheiro ferido, enquanto tudo ao redor estava mergulhado em repouso, ainda acordando para observar aquela imagem fraca das tempestades que haviam assolado seu próprio peito.

O céu mudou! — e tal mudança; Oh, noite!
E tempestade e escuridão, vocês são maravilhosamente fortes,
Ainda assim, adorável em sua força, como é a luz
De um olho escuro na mulher! Longe
De pico a pico, entre os penhascos barulhentos,
Salta o trovão da lira! Não de uma nuvem solitária,
Mas cada montanha agora encontrou uma língua,
E Jura responde através de sua mortalha enevoada,
De volta aos alegres Alpes que a chamam em voz alta!
E isso é de noite: — Noite mais gloriosa!
Não foste mandada dormir! Deixe me ser
Um participante em teu deleite distante e feroz,
Uma parte da tempestade e de mim!
Como o lago iluminado brilha em um mar fosfórico,
E o grande cometa da chuva dançando para a terra!
E agora novamente é preto, — e agora a alegria
Das altas colinas treme com sua alegria de montanha,
Como se eles se alegrassem com um jovem;
nascimento do terremoto,
Agora, onde o rápido Reno abre caminho entre
Alturas que aparecem, como amantes que se separaram
Às pressas, cujas profundezas de mineração assim intervêm
Que eles não podem mais se encontrar, embora com
o coração partido;
Algumas almas que, assim, um ao outro frustrou,
O amor era a própria raiz da raiva afetuosa
Que arruinou o florescer de suas vidas, e então partiu —
Ela mesma expirou, mas os deixando em uma idade
De anos que são só inverno — uma guerra
para travar dentro deles mesmos.

Desci ao pequeno porto, se me permite usar essa expressão, onde ficava o seu navio, e conversei com o aldeão, que cuidava dele. Você pode sorrir, mas tenho o prazer de ajudar assim a minha personificação do indivíduo que admiro, ao chegar ao conhecimento das circunstâncias que aconteciam diariamente ao seu redor. Fiz inúmeras pesquisas na cidade a respeito dele, mas não consegui descobrir nada. Ele só se revelou para a sociedade uma vez, quando M. Pictet o levou para a casa de uma senhora para passar a noite. Dizem que ele é um homem muito singular e parecem considerá-lo bastante rude. Entre outras coisas, contam que, tendo convidado M. Pictet e Bonstetten para jantar, ele foi ao lago para Chillon, deixando um cavalheiro que viajava com ele para recebê-los e apresentar suas desculpas. Outra noite, sendo convidado para ir à casa de Lady D—— H——, ele prometeu comparecer, mas ao se aproximar das janelas da casa de campo da senhora e perceber que a sala estava cheia de gente, ele pediu que seu amigo apresentasse suas desculpas e imediatamente voltou para casa. Isto contradiz o relato que o senhor me diz ser corrente na Inglaterra, de que ele foi evitado por seus conterrâneos no continente. Acontece que o caso é exatamente o contrário, visto que ele tem sido geralmente procurado por eles, embora na maioria das ocasiões eles não consigam encontrá-lo. Diz-se, de fato, que ao fazer sua primeira visita a Coppet, seguindo o criado que havia anunciado seu nome, ele se surpreendeu ao encontrar uma senhora sendo carregada, desmaiada; mas depois de ter esperado sentado por vários minutos, a mesma senhora, que ficara tão emocionada ao ouvir seu nome, voltou e conversou com ele por um tempo considerável — tamanha é a curiosidade e a afetação femininas! Ele visitava Coppet com frequência e, é claro, relacionava-se com vários de seus compatriotas, que não demonstravam relutância em conhecê-lo, a quem apenas seus inimigos representariam como um pária.

Embora eu tenha sido tão malsucedido nesta cidade, tive mais sorte em minhas pesquisas em outros lugares. Há uma sociedade a cinco ou seis quilômetros de Genebra, cuja personagem central é a condessa de Breuss, uma senhora russa, bem familiarizada com os *agrémens de la Société,* e que os reuniu em torno de si em sua mansão. Acho que foi principalmente aqui que o cavalheiro que viajou com Lord Byron, como médico, buscou a sociedade. Ele costumava cruzar o lago sozinho quase todos os dias, em um de seus barcos de fundo chato, e voltar depois de passar a noite com seus amigos, por volta de onze horas ou meia-noite, muitas vezes enquanto as tempestades assolavam os picos circundantes das montanhas ao redor. À medida que ele se tornou íntimo, depois de muito convívio, de várias das famílias desta vizinhança, reuni de seus relatos alguns traços excelentes do caráter de sua senhoria, que relatarei a vocês em alguma oportunidade futura. Devo, no entanto, libertá-lo de uma imputação que lhe é atribuída — ter em sua casa duas irmãs como participantes de suas festas. Esta é, como muitas outras acusações que foram feitas contra sua senhoria, totalmente destituída de verdade. Seu único companheiro era o médico que já mencionei. O relato partiu do Sr. Percy Bysshe Shelly, um cavalheiro conhecido pela extravagância doutrinária e por sua ousadia, em sua profissão, até ao assinar seu nome com o título de ATHeos no Álbum de Chamouny, que tomou posse de uma casa abaixo, na qual residia com a Srta. M. W. Godwin e a Srta. Clermont (as filhas do célebre Sr. Godwin), que eram frequentemente visitantes em Diodati e muitas vezes eram vistas no lago com sua senhoria, o que deu origem ao relato, a verdade a qual é aqui positivamente negada.

Entre outras coisas que a senhora, de quem obtive essas anedotas, me contou, ela mencionou o esboço de uma história de fantasmas escrita pelo Lord Byron. Parece que uma noite o Lord B., o Sr. P. B. Shelly, as duas senhoras e o cavalheiro antes mencionado depois de terem lido uma obra alemã, que se intitulava *Phantasmagoriana*, começaram a contar histórias de fantasmas; quando sua senhoria recitou o início de *Christabel*, na época não publicado, o todo tomou conta da mente do Sr. Shelly com tanta força que ele subitamente se levantou e saiu correndo da sala. O médico e Lord Byron o seguiram e o encontraram encostado na lareira, com gotas frias de suor escorrendo pelo rosto. Depois de lhe terem dado algo para beber, perguntando sobre a causa do seu alarme, eles descobriram que a sua imaginação criativa tinha retratado para ele o seio de uma das senhoras com olhos (o que foi relatado de uma senhora na vizinhança onde ele morava) então, ele foi obrigado a deixar a sala para tirar aquela ideia da cabeça. Posteriormente, foi proposto, no decorrer da conversa, que cada um dos presentes escrevesse uma história sobre alguma ação sobrenatural, e Lord B., o médico, e a srta. M. W. Godwin assim o fizeram.[4] Minha amiga, a senhora acima mencionada, tinha em seu poder o esboço de cada uma dessas histórias; eu as consegui como um grande favor e, com isso, transmito-as a vocês, pois tive a certeza de que vocês ficariam tão curiosos quanto eu, para examinar os *ebauches* de um gênio tão grande, e daqueles que estavam sob sua direta influência."

---

[4] Nome de solteira de Mary Shelley. Sua obra foi publicada com o título de *Frankenstein ou O Prometeu moderno*, também lançada pela Pandorga. Confira a disponibilidade em nossos canais oficiais.

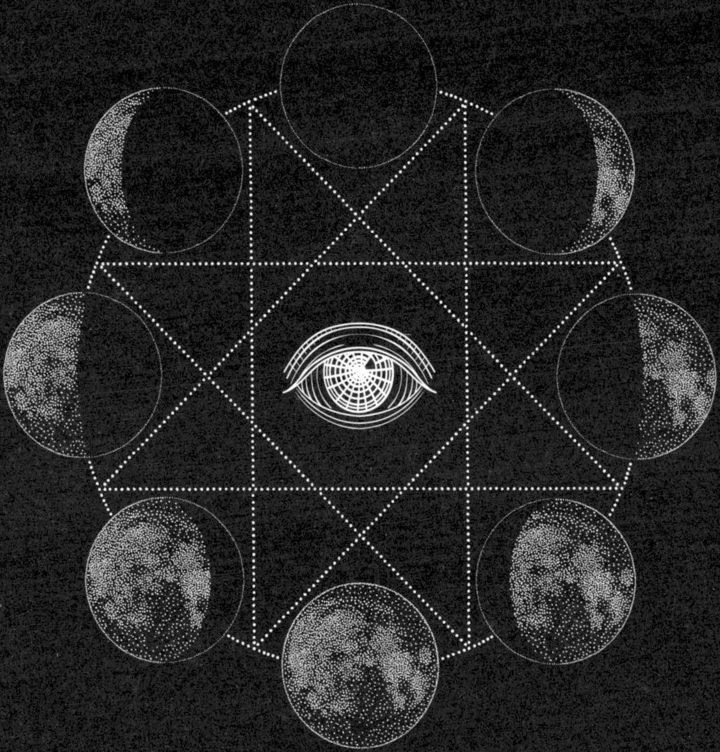

†

Introdução

A superstição em que esta história se baseia é muito ampla no Oriente. Entre os árabes parece ser comum, estendendo-se, entretanto, aos gregos só depois do estabelecimento do cristianismo, e só assumiu sua forma atual com a divisão das igrejas romana e grega; momento em que se tornava predominante a ideia, de que um cadáver romano não poderia se corromper se enterrado em seu território. Isso tomou força gradualmente e tornou-se o assunto de muitas histórias maravilhosas, ainda existentes, de mortos levantando de seus túmulos e alimentando-se do sangue dos jovens e belos. No Ocidente, espalhou-se com algumas ligeiras variações por toda a Hungria, Polônia, Áustria e Lorraine, onde existia a crença de que os vampiros bebiam todas as noites uma certa porção do sangue de suas vítimas, que ficavam emaciadas, perdiam a força e morriam rapidamente consumidas; enquanto esses sugadores de sangue humano engordavam — e suas veias se distendiam a tal estado de plenitude que faziam o sangue fluir de todas as passagens de seus corpos e até mesmo dos próprios poros de suas peles.

No *London Journal*, de março de 1732, há um curioso e, claro, confiável relato de um caso particular de vampirismo, que se afirma ter ocorrido em Madreyga, na Hungria. Parece que, ao examinar o líder e os magistrados do lugar, eles afirmam positiva e unanimemente que, cerca de cinco anos antes, um certo Heyduke[5], chamado Arnold Paul, disse, em Cassovia, nas fronteiras da Sérvia turca, que foi atormentado por um vampiro, mas encontrou uma maneira de se livrar do mal, comendo um pouco da terra do túmulo do vampiro e esfregando-se com seu sangue. Essa precaução, entretanto, não o impediu de se tornar um vampiro[6]; pois, cerca de vinte ou trinta dias após sua morte e sepultamento, muitas pessoas reclamaram de terem sido atormentadas por ele, e foi feito um depoimento de que quatro pessoas haviam sido mortas por seus ataques. Para evitar mais danos, os habitantes, tendo consultado seus Hadagni[7], abriram o caixão para examinar o corpo e o encontraram (como é suposto ser comum em casos de vampirismo) fresco e sem sinais de decomposição, soltando sangue puro e vivo pela boca, nariz e orelhas. Obtida a prova, recorreram ao remédio de costume. Uma estaca foi cravada no coração e no corpo de Arnold Paul, e ele teria gritado tanto quanto se estivesse vivo. Feito isso, cortaram sua cabeça, queimaram seu corpo e jogaram as cinzas em sua sepultura. As mesmas medidas foram adotadas com os cadáveres daquelas pessoas que haviam morrido anteriormente por causa de vampirismo, para que não pudessem, por sua vez, tornar-se agentes sobre os outros que sobreviveram.

Essa monstruosa bravata é aqui relatada, porque parece mais bem adaptada para ilustrar o assunto das presentes observações do que qualquer outro exemplo que pudesse ser mencionado. Em muitas partes da Grécia é considerado como uma espécie

---

5 Heyduke = húngaro pertencente à alta classe militar. (N. T.)

6 A crença universal é que uma pessoa que tem o sangue sugado por um vampiro se torna um vampiro também e passa a sugar o sangue de outras pessoas.

7 Oficial de justiça.

de punição após a morte, por algum crime hediondo cometido durante a existência, que o falecido esteja condenado não apenas a vampirizar, mas obrigado a limitar suas visitas infernais apenas aos seres que ele mais amou enquanto esteve sobre a terra — aqueles a quem ele esteve ligado por laços de parentesco e afeição. Uma hipótese aludida em *Giaour*.

"Mas, primeiro, na terra como um vampiro enviado
De sua tumba teu cadáver será rasgado:
Então horrivelmente assombrará teu lugar nativo,
E chupará o sangue de toda a tua raça;
Lá da tua filha, irmã, esposa,
À meia-noite, drenará o fluxo da vida.
No entanto, abomina o banquete que forçosamente
Deve alimentar o teu cadáver vivo:
Tuas vítimas, antes que elas ainda expirem,
Conhecerão o demônio como seu pai,
Como te amaldiçoando, tu as amaldiçoando,
Tuas flores murcharam no caule.
Mas alguém pelo teu crime deve cair,
O mais jovem, o mais amado de todos,
Abençoará você com o nome do pai...
Aquela palavra envolverá teu coração em chamas!
No entanto, você deve terminar sua tarefa e marcar
O último tom de sua bochecha, o último brilho de seu olho,
E o último olhar vítreo deve ver
Que congela sobre seu azul sem vida;
Então, com mão profana rasgará
As mechas de seu cabelo loiro,
Do qual, na vida, uma mecha quando tosada
A promessa mais carinhosa de afeto foi usada,
Mas agora é levada por ti
Lembrança de sua agonia!

> Contudo, com o teu melhor sangue gotejará;
> Seu dente que range e lábio abatido;
> Em seguida, perseguindo a tua sepultura taciturna,
> Vá – e festeje com fantasmas e demônios,
> Até que estes em horror recuem
> Do espectro mais maldito que eles."

O Sr. Southey também introduziu em seu selvagem, mas belo, poema *Thalaba*, o cadáver vampiro da donzela árabe Oneiza, que é representada como tendo retornado do túmulo com o propósito de atormentá-lo, aquele que ela mais amou enquanto viveu. Mas não se pode supor que isso tenha resultado de sua vida pecaminosa, pois ela foi retratada ao longo de toda a história como um tipo completo de pureza e inocência. O verdadeiro Tournefort dá um longo relato em suas viagens de vários casos surpreendentes de vampirismo, dos quais ele finge ter sido uma testemunha ocular; e Calmet, em seu grande trabalho sobre este assunto, além de uma variedade de anedotas e narrativas tradicionais ilustrativas de seus efeitos, apresentou algumas dissertações eruditas, tendendo a provar que aquilo era um erro clássico e bárbaro.

Muitos avisos curiosos e interessantes sobre esta superstição singularmente horrível podem ser adicionados; embora o presente possa ser suficiente para os limites de uma nota, necessariamente devotada à explicação, e que agora pode ser concluída meramente observando que embora o termo Vampiro seja o de aceitação mais geral, existem vários outros sinônimos dele, usados de em várias partes do mundo, como Vroucolocha, Vardoulacha, Goul, Broucoloka, etc.

O Vampiro

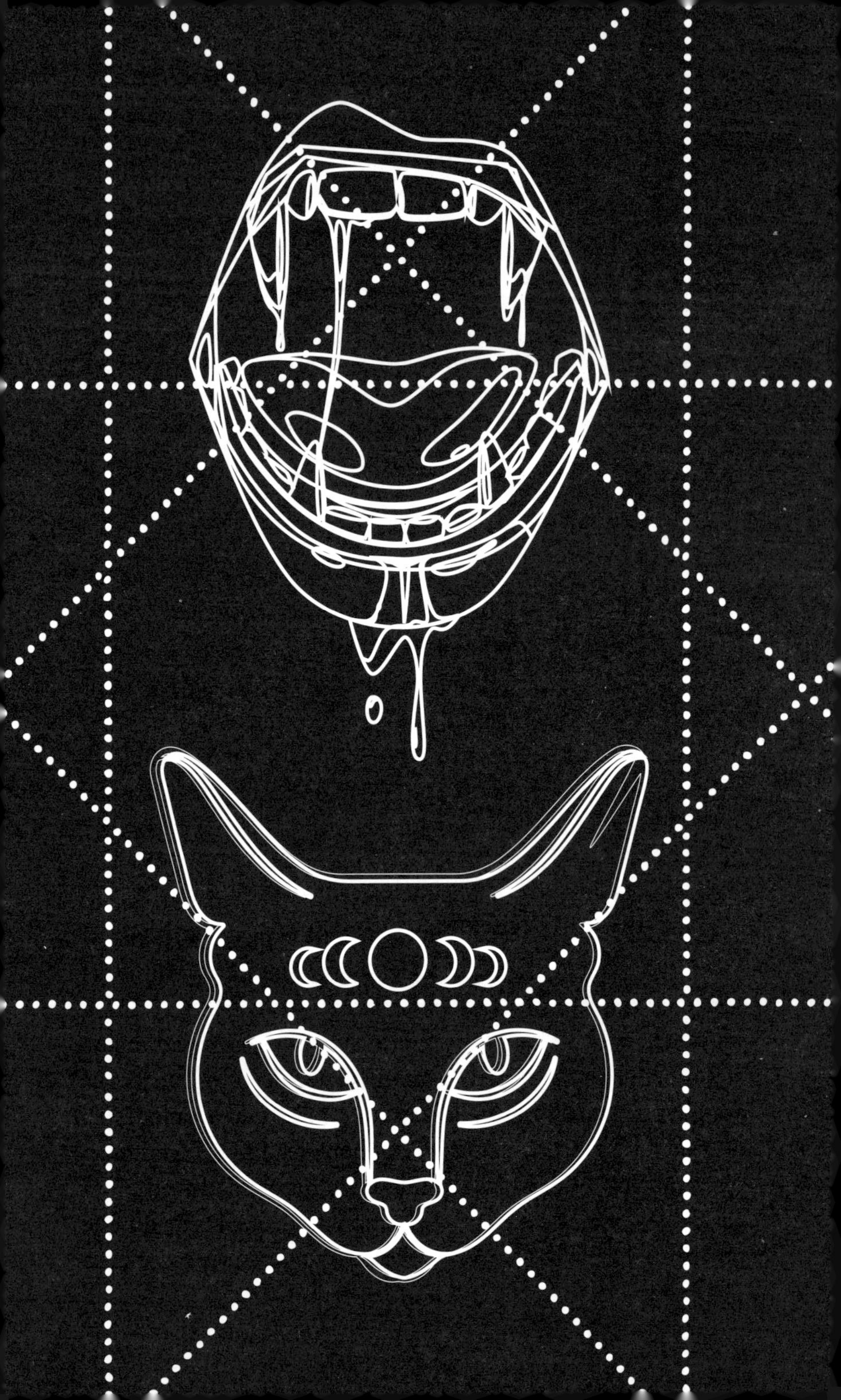

A conteceu que, em meio às dispersões decorrentes de um inverno londrino, apareceu nas várias festas da alta sociedade um nobre, mais notável por suas singularidades do que por sua posição. Contemplava a alegria ao seu redor, como se não pudesse participar dela. Aparentemente, o riso leve das belas jovens apenas atraía sua atenção, para que apenas com um olhar pudesse reprimi-las e lançar o medo naqueles seios onde reinava a leviandade. Aqueles que vivenciaram essa sensação de espanto não sabiam explicar de onde surgiu: alguns atribuíram isso aos mortos olhos acinzentados, que, ao fixarem-se na face de alguém, pareciam não conseguir penetrá-la ou serem capazes de invadir as profundezas do coração; mas caíam como um raio de chumbo que pesava sobre a pele que não conseguia trespassar. Suas peculiaridades fizeram com que fosse convidado a todas as casas; todos queriam vê-lo, e aqueles que estavam acostumados com emoções violentas e agora sentiam o peso do tédio ficaram satisfeitos por ter em sua presença alguém capaz de atrair sua atenção. Apesar da tonalidade mórbida de seu rosto, que jamais atingiu uma tonalidade mais cálida, seja pelo rubor da modéstia, ou pela forte emoção da paixão, embora sua forma e contorno fossem belos, muitas das caçadoras de notoriedade tentaram ganhar sua atenção e obter, pelo menos, alguns sinais do que poderiam chamar de afeto: Lady Mercer, que desde seu casamento fora tema de deboche de todos os monstruosos frequentadores de salas de estar, se jogou a seus pés, fez de tudo e só faltou se vestir de palhaça para atrair sua atenção; tudo em vão. Quando ela estava diante dele, embora seus olhos estivessem aparentemente fixos nos dela, ainda parecia que ele não a enxergava; mesmo com o seu irrefreável descaramento ela se sentiu constrangida e desistiu da batalha. Mas embora a vulgar adúltera não pudesse influenciar nem mesmo a orientação de seu olhar, isso não significava que o sexo feminino lhe fosse indiferente. Aliás, tal era a aparente cautela com que ele falava com a esposa virtuosa e com a filha ingênua que poucos notavam que ele, por vezes, se dirigia a mulheres. Ele tinha, no entanto, a reputação de possuir uma lábia invencível e, fosse porque esse dom superava a estranheza ameaçadora de sua personalidade ou porque as pessoas se sentiam tocadas por seu aparente ódio aos vícios, ele convivia com a mesma frequência com aquelas mulheres que enobreciam seu sexo por causa de suas virtudes domésticas, quanto com aquelas que o maculavam graças à sua má conduta.

Mais ou menos na mesma época, chegou a Londres um jovem cavalheiro de nome Aubrey. Era órfão, tinha uma única irmã, seus pais morreram quando Aubrey e a irmã ainda eram crianças e deixaram a eles uma imensa fortuna. Seus tutores, por sua vez, também não cuidavam das crianças, pensavam apenas em administrar sua fortuna e entregavam sua missão mais importante, que era cuidar das duas crianças, nas mãos de assalariados estranhos à família e que cultivaram mais sua imaginação do que seu discernimento. Ele tinha, portanto, aquele mais nobre sentimento de honra e candura, que diariamente traz à ruína tantos jovens. Ele acreditava que todos se comoviam com a virtude e pensava que o vício fora lançado ao mundo pela providência divina apenas para tornar o cenário mais pitoresco, como vemos nos romances. Pensava que a miséria de uma cabana consistia apenas em vestir roupas que, embora fossem quentes, eram mais adequadas aos olhos do pintor graças a seus cortes irregulares e a seus vários remendos coloridos. Ele pensava, enfim, que os sonhos dos poetas eram a realidade da vida. Era bonito, franco e rico. Por essas razões, ao frequentar os círculos mais elegantes, muitas mães o rodeavam, tentando fazer com que ele lhes revelasse suas favoritas. As filhas, por sua vez, exibiam rostos radiantes quando ele se aproximava, e o fato de seus olhos sempre brilharem quando ele abria os lábios o fez entender incorretamente seus talentos e méritos. Apegado como estava ao romantismo de suas horas solitárias, ficou surpreso ao descobrir que, com exceção das velas de sebo e cera que tremeluziam, não pela presença de um fantasma, mas por falta de quem as apagasse com um sopro, não havia fundamentos na vida para qualquer uma daquelas inúmeras imagens e descrições fascinantes contidas naqueles livros, nos quais formou sua cultura. Encontrando, no entanto, alguma compensação em sua vaidade volúvel, estava prestes a renunciar a seus sonhos, quando o ser extraordinário que descrevemos acima surgiu em seu caminho.

Ele o observou; e a própria impossibilidade de formar uma ideia do caráter de um homem inteiramente absorvido em si mesmo, que dava poucos sinais de interesse pelo mundo exterior, a não ser o mero reconhecimento de que algo além de si mesmo existia, reconhecimento, aliás, apenas tácito e embutido no ato constante de evitar-lhe o contato, permitiu à sua imaginação a possibilidade de conceber tudo o que alimentava sua propensão a ideias extravagantes. Ele logo transformou esse objeto de sua atenção no herói de um romance e decidiu observar melhor o fruto de sua fantasia, em vez da pessoa que tinha diante de si. Ele tornou-se seu conhecido, tratou-o com atenção e insistiu tanto que sua presença acabou sendo reconhecida. Aos poucos, soube que os negócios de Lorde Ruthven eram complicados e logo descobriu, pelos sinais de preparativos na Rua _____, que ele estava prestes a viajar. Desejoso de obter alguma informação a respeito deste personagem singular, que, até agora, apenas lhe despertava a curiosidade, insinuou a seus tutores que era hora de ele realizar uma viagem, daquelas que, durante muitas gerações se julgou necessária para capacitar os jovens a dar alguns passos rápidos na carreira do vício no sentido de se colocarem em pé de igualdade com os mais velhos, e não permitir que pareçam cair das nuvens, sempre que escandalosas intrigas fossem mencionadas como tema de brincadeira ou de elogio, dependendo sempre do grau de habilidade demonstrado pelos envolvidos. Os tutores consentiram, e Aubrey imediatamente mencionando suas intenções a Lord Ruthven, ficou surpreso ao receber dele uma proposta para se juntar a ele na viagem. Lisonjeado por tal demonstração de estima da parte dele, que, aparentemente, não tinha proximidade com qualquer pessoa, ele aceitou de bom grado o convite e, em poucos dias, já atravessavam as águas da região.

Até então, Aubrey não tivera oportunidade de conhecer o caráter de Lord Ruthven e descobriu que, embora muito de seus atos pudessem ser observados por ele, os resultados de tais atos ofereciam conclusões diferentes dos motivos aparentes de sua conduta. Seu companheiro era pródigo em sua generosidade — o preguiçoso, o vagabundo e o mendigo recebiam de suas mãos mais do que o suficiente para suprir suas necessidades imediatas. Mas Aubrey não pôde evitar observar que não era aos virtuosos, reduzidos à indigência pelos infortúnios que acompanhavam até mesmo a virtude, que ele dava suas esmolas; estes eram despachados da porta com escárnios mal disfarçados; mas quando o devasso vinha lhe pedir algo, não para suprir suas necessidades, mas para permitir que ele chafurdasse em sua luxúria ou afundasse ainda mais em sua iniquidade, era quando recebia ricos donativos. Isso, no entanto, foi atribuído por ele à maior capacidade dos depravados de se mostrarem importunos, o que geralmente prevalece sobre a timidez retraída dos indigentes virtuosos. Havia uma circunstância sobre a caridade de sua senhoria que ficou ainda mais intensa na mente de Aubrey. Todos aqueles a quem ele ajudava inevitavelmente descobriam que havia uma maldição agregada ao que recebiam, pois todos acabavam arrastados para a forca ou afundavam na mais tenebrosa miséria. Em Bruxelas e em outras cidades pelas quais passaram, Aubrey ficou surpreso com a aparente ansiedade com que seu companheiro procurava os centros de todos os vícios mais populares; ali entrava e aderia inteiramente aos espíritos das mesas de jogo. Apostava e sempre ganhava, exceto quando algum conhecido trapaceiro era seu adversário, e então perdia mais do que ganhava; mas era sempre com a mesma face imutável com a qual ele geralmente observava a sociedade ao redor. Isso não acontecia, entretanto, quando ele se deparava com um jovem impetuoso ou com o infeliz pai de uma numerosa família; então, seu desejo se transformava em sorte do destino — essa aparente mente distraída era colocada de lado, e seus olhos brilhavam com mais intensidade do que os olhos do gato enquanto brincava com o rato meio morto. Em todas as cidades, deixou o jovem outrora rico, arrancado do círculo que adornava, amaldiçoando, na solidão de uma masmorra, o destino que o havia arrastado ao alcance desse demônio; enquanto muitos pais se viam sem ação, em meio aos olhares eloquentes de crianças emudecidas e famintas, sem um único centavo de sua imensa riqueza, sem poder ao menos comprar o suficiente para satisfazer seu desejo atual. No entanto, ele jamais levava dinheiro da mesa de jogo; mas perdia imediatamente, para a ruína de muitos, a última moeda que acabara de arrancar das garras convulsivas dos inocentes. Isso só poderia ser o resultado de um certo grau de conhecimento, que não era, entretanto, capaz de combater a astúcia do mais experiente. Aubrey frequentemente desejava indagar isso ao seu amigo e implorar que ele renunciasse àquela caridade e prazer que provava ser a ruína de todos, além de não lhe trazer lucro algum. Mas adiava tal questionamento, pois cada dia ele esperava que seu amigo tivesse alguma oportunidade de falar franca e abertamente com ele; no entanto, isso nunca ocorreu.

Lord Ruthven em sua carruagem, e em meio às várias cenas ricas e selvagens da natureza, era sempre o mesmo. Seus olhos falavam menos do que seus lábios; e embora Aubrey estivesse perto do objeto de sua curiosidade, não obtinha maior satisfação com isso do que a excitação constante de desejar em vão quebrar aquele mistério, que para sua imaginação exaltada começava a assumir a aparência de algo sobrenatural.

Eles logo chegaram a Roma, e Aubrey por um tempo perdeu de vista seu companheiro de viagem; deixou-o em uma manhã em sua rotineira reunião matinal do círculo de amigos de uma condessa italiana, enquanto ia em busca dos monumentos de alguma cidade praticamente deserta. Enquanto ele estava assim comprometido, chegaram cartas da Inglaterra, que ele abriu com angustiada impaciência. A primeira era de sua irmã, expressando nada além de afeto; as outras eram de seus tutores, a última o surpreendeu. Se antes já havia em sua imaginação alguma suspeita de um poder maligno em seu companheiro de viagem, tal carta parecia lhe dar razão suficiente para acreditar. Seus tutores insistiam que ele abandonasse imediatamente o amigo e alegavam que seu caráter era terrivelmente vicioso, pois graças a seus irresistíveis poderes de sedução tornava seus hábitos licenciosos ainda mais perigosos para as pessoas à sua volta. Foi descoberto que seu desprezo pelas adúlteras não se originou na ojeriza pelo caráter delas; a verdade é que ele exigira, para aumentar seu prazer, que suas vítimas, parceiras de sua culpa, fossem arrancadas do pináculo da virtude imaculada e lançadas no mais baixo abismo da infâmia e degradação. Em suma, todas aquelas mulheres a quem ele tinha procurado, aparentemente por causa de sua virtude, tinham, desde sua partida, deixado suas máscaras de lado e não tinham escrúpulos de expor toda a deformidade de seus vícios ao olhar do público.

Aubrey decidiu deixar então o homem cujo caráter ainda não havia mostrado um único ponto brilhante sobre o qual pousar os olhos. Resolveu inventar algum pretexto plausível para abandoná-lo por completo, propondo-se, enquanto isso, a observá-lo mais de perto e a não deixar que nenhuma circunstância desprezível passasse despercebida. Ele entrou no mesmo círculo de amizades e logo percebeu que o homem se empenhava em tirar proveito da inexperiência da filha da senhora cuja casa ele frequentava com tanta assiduidade. Na Itália, raramente uma mulher solteira é vista em eventos sociais; ele foi, portanto, obrigado a agir em segredo. Mas os olhos de Aubrey o seguiram em todos os lugares por onde ele ia e logo descobriram que um encontro havia sido marcado, o que provavelmente terminaria na ruína da garota inocente. Sem perder tempo, ele entrou no apartamento de Lord Ruthven e bruscamente perguntou-lhe suas intenções em relação à senhora, informando-o ao mesmo tempo que estava ciente de que o homem estava prestes a se encontrar com ela naquela mesma noite. Lord Ruthven respondeu que suas intenções eram as que qualquer homem teria em tal situação; e ao ser pressionado se ele pretendia se casar com ela, o homem apenas riu. Aubrey retirou-se; e imediatamente escreveu um bilhete informando que a partir daquele momento ele se recusava a acompanhar sua senhoria no restante da viagem proposta. Ordenou que seu criado procurasse outro lugar para morar e conversou com a mãe da garota, informando-a sobre tudo o que sabia, não só em relação à filha dela, mas também sobre o caráter de seu companheiro de viagem. O encontro foi evitado. Lord Ruthven, no dia seguinte, simplesmente enviou seu criado para notificar sua total concordância com a separação; mas não indicou nenhuma suspeita de que seus planos tivessem sido frustrados pela intervenção de Aubrey.

Depois de deixar Roma, Aubrey dirigiu-se à Grécia e, cruzando a Península, logo chegou a Atenas. Fixou então sua residência na casa de um grego; e logo se dedicou a rastrear os registros quase apagados da glória antiga inscritos em monumentos que aparentemente, envergonhados de terem somente escravos para relatar os feitos de homens livres, ocultaram-se sob o abrigo do solo e das muitas cores do líquen. Sob o mesmo teto que ele, existia uma criatura, tão bela e delicada, que poderia ter servido de modelo para um pintor que desejasse verter na tela a esperança prometida aos fiéis no paraíso de Maomé, se não fosse o fato de os olhos dela falarem algo forte demais para que se acreditasse pertencerem a indivíduos privados de alma. Enquanto ela dançava na planície ou caminhava ao longo da encosta da montanha, alguém poderia pensar que a gazela seria uma imagem medíocre para descrever sua beleza. Pois ninguém teria trocado aqueles olhos, aparentemente tão cheios de vida, por aquele olhar de sonolenta luxúria do animal apreciado somente por um epicurista. Os passos leves de Ianthe frequentemente acompanhavam Aubrey em sua busca por antiguidades, e muitas vezes a garota ingênua, engajada na perseguição de uma borboleta, mostrava toda a beleza de sua forma, flutuando como se fosse carregada pelo vento, diante do olhar ansioso do rapaz, que esquecia das letras que acabara de decifrar sobre uma lápide quase apagada, na contemplação de sua figura sílfide. Frequentemente, com as tranças bagunçadas enquanto revoava, exibia sob o raio de sol nuances de cor, algumas mais brilhantes, outras foscas, que poderiam muito bem desculpar o esquecimento do estudioso, que deixava escapar de sua mente o mesmo objeto que ainda pouco pensava ser de vital importância para a interpretação adequada de uma passagem em Pausânias. Mas por que tentar descrever encantos que todos sentem, mas ninguém pode apreciar? Era inocência, juventude e beleza, sem ter sido afetada pelos bailes asfixiantes e pelas salas de visitas abarrotadas de pessoas. Enquanto ele desenhava os resquícios daquilo que desejava preservar na memória para um momento futuro, ela ficava parada e observava os efeitos mágicos de seu lápis, traçando as cenas de sua terra natal. Ela então descrevia para ele a dança circular na planície aberta, pintava para ele, com todas as cores vivas da memória juvenil, a pompa do casamento que ela lembrava ter visto na infância; e então, voltando-se para assuntos que evidentemente haviam causado maior impressão em sua mente, contava a ele todas as histórias sobrenaturais que ouvira de sua ama. Sua seriedade e aparente crença no que ela narrou despertaram o interesse até mesmo de Aubrey; e muitas vezes quando ela contava a ele a história do vampiro vivo, que havia passado anos entre seus amigos e entes queridos, forçado a alimentar-se da vida de uma adorável mulher a cada ano para prolongar sua existência pelos meses seguintes; seu sangue gelava ao mesmo tempo que tentava tirá-la de suas fantasias vãs e horrendas. Mas Ianthe citou para ele os nomes de anciãos, que detectaram um vampiro vivendo entre eles, depois que vários de seus parentes próximos e filhos foram encontrados com a marca do apetite do demônio. E quando ela o viu tão incrédulo, implorou que ele acreditasse nela, pois era sabido que aqueles que ousavam questionar a existência dos vampiros sempre recebiam alguma prova que os obrigava, com pesar e perdas, a aceitar que era verdade. Ela detalhou para ele a aparência tradicional desses monstros, e seu horror aumentou, ao ouvir uma descrição bastante precisa de Lord Ruthven. Ele, no entanto, ainda persistia em persuadi-la de que não poderia haver verdade em seus temores, embora ao mesmo tempo ele se perguntasse sobre as muitas coincidências que tendiam a reforçar a crença no poder sobrenatural de Lord Ruthven.

Aubrey começou a se apegar cada vez mais a Ianthe; a inocência dela, tão contrastante com as falsas e afetadas virtudes das mulheres entre as quais ele havia buscado sua visão de romance, conquistou seu coração. E embora ridicularizasse a ideia de um jovem de hábitos ingleses se casar com uma garota grega sem instrução, ele ainda se sentia cada vez mais apegado àquela figura que mais parecia uma fada diante de seus olhos. Ele às vezes se afastava dela e, elaborando um plano para procurar artefato antigo, partia, determinado a não retornar até que seu objetivo fosse alcançado. Mas ele sempre descobria ser impossível fixar sua atenção nas ruínas ao seu redor, enquanto sua mente retinha uma imagem que parecia ser a única possuidora por direito de seus pensamentos. Ianthe não tinha consciência de seu amor e era sempre o mesmo ser franco e inocente que conhecera. Ela sempre parecia se separar dele com relutância; mas era porque ela não tinha mais ninguém com quem pudesse visitar seus lugares favoritos, enquanto seu guardião estava ocupado em esboçar ou descobrir algum fragmento que ainda havia escapado da mão destrutiva do tempo. Ela recorreu a seus pais para que falassem sobre o vampiro, e ambos, diante de muitas outras pessoas presentes, afirmaram sua existência, pálidos de horror à simples menção do nome. Logo depois, Aubrey decidiu prosseguir em uma de suas excursões, que deveria detê-lo por algumas horas. Quando ouviram o nome do lugar, os donos da casa imediatamente imploraram para que ele voltasse antes do anoitecer, pois passaria por uma floresta, onde nenhum grego permaneceria, depois do anoitecer, sob hipótese alguma. Descreveram o local como sendo o refúgio dos vampiros em suas orgias noturnas e tentaram impressioná-lo com a possibilidade das piores maldições recaindo sobre quem ousasse cruzar aqueles caminhos. Aubrey fez pouco de suas recomendações e tentou afastar a preocupação deles com piadas. Mas quando os viu estremecer por sua ousadia ao zombar de um poder superior e infernal, cujo próprio nome aparentemente fazia congelar o sangue deles, calou-se.

Na manhã seguinte, Aubrey partiu sozinho em sua excursão. Ficou surpreso ao observar o rosto melancólico de seu anfitrião e ficou preocupado ao descobrir que suas palavras, ao zombar de sua crença naqueles horríveis demônios, inspirara-lhes tanto terror. Quando estava para partir, Ianthe aproximou-se do cavalo e implorou fervorosamente que voltasse antes que a noite permitisse que o poder desses seres fosse posto em ação. Ele prometeu que voltaria. Ele estava, no entanto, tão ocupado em suas pesquisas que não percebeu que a luz do dia iria acabar logo e que no horizonte havia uma daquelas manchas que, em climas mais quentes, tão rapidamente se aglomeram em uma massa tremenda para despejar todo o seu furor sobre uma região. Por fim, montou em seu cavalo, determinado a compensar rapidamente o atraso, mas era tarde demais. O crepúsculo nesses climas do sul é quase desconhecido. Imediatamente quando o sol se põe, a noite começa. Antes que ele tivesse avançado muito, a tempestade desabou. Os trovões se sucediam, e a chuva espessa e pesada forçou seu caminho por entre a cobertura de folhagens da copa das árvores, enquanto o relâmpago azul bifurcava parecendo cair e irradiar até seus pés. De repente, seu cavalo se assustou e ele foi carregado com terrível rapidez pela floresta emaranhada. Por fim, o animal, cansado, parou e ele descobriu, com o clarão do relâmpago, que se encontrava nas proximidades de um casebre que mal se sobressaía das massas de folhas mortas e arbustos que o rodeavam. Desmontando, ele se aproximou, na esperança de encontrar alguém para guiá-lo até a cidade, ou pelo menos confiando em obter abrigo contra a tempestade. Ao chegar mais perto, os trovões, por um momento abafados, permitiram que ele ouvisse os gritos terríveis de uma mulher se misturando com uma risada abafada e debochada, que se prolongava em um som contínuo. Ele ficou assustado, mas, despertado pelo trovão que mais uma vez explodiu sobre sua cabeça, com um esforço repentino, forçou a porta da cabana. Ele se viu na escuridão total; o som, entretanto, o guiou. Aparentemente sua presença não foi notada; pois, embora ele chamasse, ainda assim os sons continuavam, e nenhuma atenção foi dada a ele. Sentiu um contato com alguém, a quem imediatamente agarrou; quando uma voz gritou: "Mais uma vez, enganado!" ao que uma risada alta sucedeu; e ele se sentiu agarrado por alguém cuja força parecia sobre-humana. Determinado a vender sua vida tão caro quanto pudesse, ele lutou; mas foi em vão. Foi levantado de seus pés e arremessado com enorme força contra o chão. Seu inimigo se jogou sobre ele, ajoelhando-se sobre seu peito, e colocou suas mãos em sua garganta. Foi quando o brilho de muitas tochas penetrando pela janela perturbou a criatura. Ele imediatamente se levantou e, deixando sua presa, correu pela porta, e em poucos segundos já não era mais possível ouvir o estalar de galhos de suas passadas atravessando a floresta. A tempestade continuava, mas seu barulho cessara; e Aubrey, incapaz de se mover, logo foi ouvido por aqueles que estavam do lado de fora. Eles entraram; a luz de suas tochas incidia sobre as paredes de barro enchendo a cabana de uma fumaça grossa. A pedido de Aubrey, foram procurar pela mulher que atraíra sua atenção com seus gritos. Ele foi novamente deixado na escuridão; mas qual foi o seu horror quando a luz das tochas mais uma vez irrompeu sobre ele e distinguiu sua bela companheira dos últimos meses, trazida agora como um corpo sem vida. Ele fechou os olhos, esperando que fosse apenas uma visão surgindo de sua imaginação perturbada; mas abriu-os novamente e viu a mesma forma, esticada ao seu lado. Não havia cor em sua bochecha, nem mesmo em seus lábios; no entanto, havia uma serenidade em seu rosto que parecia quase tão atraente quanto a vida que um dia fluiu ali. Em seu pescoço e seios havia sangue, e em sua garganta estavam as marcas de dentes que abriram sua veia. E foram essas marcas que os homens apontaram, chorando, simultaneamente atingidos pelo horror:

— Um vampiro! Um vampiro!

Rapidamente uma maca foi improvisada, e Aubrey foi colocado ao lado dela, aquela que ultimamente tinha sido para ele o objeto de tão brilhantes visões, agora extintas com a flor da vida que morrera dentro dela. Ele não conseguia controlar seus pensamentos. Sua mente estava entorpecida e parecia evitar a reflexão e se refugiar no vazio. Segurava quase inconscientemente na mão uma adaga que tinha sido encontrada na cabana. Logo foram recebidos por diferentes grupos que estavam empenhados em procurá-la quando a mãe da garota sentira sua falta. Seus gemidos de lamentação, ao se aproximarem da cidade, prenunciaram aos pais a tragédia. Descrever a dor deles seria impossível; mas quando souberam a causa da morte da filha, olharam para Aubrey e apontaram para o cadáver. Estavam inconsoláveis; ambos com o coração partido.

Ao ser colocado na cama, Aubrey foi acometido de uma febre violenta e frequentemente delirava; nesses intervalos, ele invocava Lord Ruthven e Ianthe. Por algum motivo inexplicável, ele parecia implorar a seu antigo companheiro que poupasse o ser que amava. Outras vezes, amaldiçoava a si mesmo acusando-se de ser o causador da morte da moça. Lord Ruthven, por acaso neste momento, chegou a Atenas e acabou sendo informado sobre o estado de Aubrey, hospedando-se imediatamente na mesma casa que ele e se tornando o cuidador do doente. Quando Aubrey se recuperou de seu delírio, ficou horrorizado e assustado ao ver aquele cuja imagem ele agora associava à de um vampiro; mas Lord Ruthven, com suas palavras gentis, sugerindo quase um arrependimento por conta da situação que levara à separação dos dois, e ainda mais pela atenção, ansiedade e cuidado que demonstrou, logo o fez aceitar sua presença. Sua senhoria parecia bastante mudada; ele não parecia mais aquele ser apático que tanto surpreendeu Aubrey; mas assim que ele começou a melhorar, o homem novamente voltou para o mesmo estado de espírito, e Aubrey não percebeu nenhuma diferença dele para o antigo homem, exceto que às vezes ficava surpreso ao encontrar seu olhar intensamente fixo nele, com um sorriso de exultação maliciosa brincando em seus lábios. Ele não sabia por que, mas aquele sorriso o perseguia. Durante o último estágio da recuperação do doente, Lord Ruthven estava aparentemente empenhado em observar as ondas sem marés levantadas pela brisa refrescante ou em acompanhar o progresso das esferas, que circulam, como nosso planeta, o Sol imóvel. Na verdade, ele parecia evitar os olhos de todos.

A mente de Aubrey, com esse choque, ficou muito enfraquecida, e aquela elasticidade de espírito que outrora o distinguira agora parecia ter fugido para sempre. Ele agora era um amante da solidão e do silêncio tanto quanto Lorde Ruthven; mas por mais que desejasse solidão, sua mente não conseguia encontrá-la nas vizinhanças de Atenas; se ele a procurasse entre as ruínas que frequentava anteriormente, a imagem de Ianthe aparecia ao seu lado. Se ele se refugiasse na floresta, seus passos leves pareciam vagar por entre o bosque, em busca de simples violetas; então, se por acaso virasse de repente, apresentavam-se, para sua imaginação enlouquecida, seu rosto pálido e garganta ferida, com um sutil sorriso nos lábios. Ele decidiu fugir daqueles lugares onde tudo evocava pensamentos tão amargos. Propôs a Lord Ruthven, a quem se manteve vinculado por gratidão ao cuidado que o homem tivera com ele durante sua doença, que visitassem aquelas partes da Grécia que ainda não haviam visto. Viajaram pelo país de Norte a Sul e visitaram todos os lugares dos quais valeria a pena se recordar. Mas embora vissem tudo, compulsivamente, pareciam não dar atenção ao que olhavam. Ouviam muito sobre ladrões, mas aos poucos começaram a desprezar esses relatos, que imaginavam ser apenas invenção de indivíduos cujo interesse era excitar a generosidade daqueles a quem defendiam de perigos falsos. Por negligenciar assim os conselhos dos habitantes, certa ocasião eles viajaram com apenas alguns guardas, mais para servir de guias do que para defendê-los. Ao entrarem, porém, em um desfiladeiro estreito, no fundo do qual estava o leito de uma torrente, com grandes massas de rocha trazidas dos precipícios vizinhos, eles tiveram motivos para se arrepender de sua negligência; pois mal estava todo o grupo engajado na passagem estreita, quando foram surpreendidos pelo assobio de balas perto de suas cabeças e pelo eco de vários disparos. Em um instante, seus guardas os deixaram e, colocando-se atrás das rochas, começaram a atirar na direção de onde vinha o barulho. Lord Ruthven e Aubrey, seguindo o exemplo dos guardas, esconderam-se atrás das rochas na curva do desfiladeiro. Mas, por se depararem com um inimigo que, berrando insultos, os desafiava a avançar e por estarem sujeitos a um inevitável massacre, caso algum dos bandidos galgasse a inclinação rochosa, passando acima deles e atacando-os, depois, pela retaguarda, decidiram então tomar a iniciativa de uma vez e avançar sobre os inimigos. Mal haviam deixado o abrigo da rocha quando Lord Ruthven recebeu um tiro no ombro, que o derrubou no chão. Aubrey apressou-se em ajudá-lo; e, não prestando mais atenção ao combate ou ao seu perigo a que se expunha, logo foi surpreendido pelo bando de ladrões, que o cercou. Seus guardas, após Lorde Ruthven ser ferido, imediatamente ergueram os braços e se renderam.

Com promessas de grande recompensa, Aubrey logo induziu os bandidos a transportarem seu amigo ferido para uma cabana vizinha; e depois de ter acordado um resgate, ele não foi mais perturbado pela presença deles, pois se contentaram em somente ficar vigiando a entrada da cabana até que um de seus comparsas voltasse com a soma prometida, para a qual lhe fora dada uma ordem de pagamento. A força de Lord Ruthven se esvaiu rapidamente; em dois dias o ferimento se agravou e a morte parecia avançar a passos largos. Sua conduta e aparência não haviam mudado; ele parecia tão inconsciente da dor quanto tinha estado dos objetos ao seu redor, mas no final da última noite, sua mente tornou-se aparentemente inquieta, e seus olhos frequentemente fixaram-se em Aubrey, que foi induzido a oferecer sua ajuda com intensidade maior do que se podia esperar.

— Ajude-me! Você pode me salvar. Você pode fazer mais do que isso. Não estou falando da minha vida. Importo-me tão pouco com o fim de minha existência quanto ao fim do dia que passa. Mas você pode salvar minha honra, a honra de seu amigo.

— Como? Diga-me, como? Eu faria qualquer coisa — respondeu Aubrey.

— Preciso de pouco, minha vida está chegando ao fim rapidamente, não posso explicar tudo. Mas se você esconder tudo o que sabe de mim, minha honra estará preservada dos comentários maldosos do mundo. E se minha morte não for anunciada na Inglaterra por algum tempo eu, eu, continuaria vivo para eles.

— Ninguém saberá.

— Jure! — gritou o moribundo, erguendo-se com exultante violência. — Jure por tudo o que reverencia, por todos os temores que a natureza lhe impõe, jure que, por um ano e um dia, você não comunicará seu conhecimento de meus crimes ou morte a qualquer ser vivo, seja como for, aconteça o que acontecer, seja lá o que você testemunhar.

Seus olhos pareciam saltar das órbitas.

— Eu juro! — disse Aubrey.

Ele então se afundou rindo no travesseiro e não respirou mais.

Aubrey retirou-se para descansar, mas não dormiu; as muitas circunstâncias que acompanharam sua convivência com esse homem surgiram em sua mente, e ele não sabia o porquê; quando se lembrou de seu juramento, um calafrio apoderou-se dele, como se fosse o pressentimento de que algo horrível o aguardava. Levantando-se de madrugada, estava prestes a entrar no casebre em que havia deixado o cadáver, quando um ladrão o encontrou e o informou de que o cadáver não estava mais ali, tendo sido transportado por ele e seus companheiros, para o alto de uma colina próxima dali, de acordo com a promessa que haviam feito ao senhor falecido, de que seria exposto ao primeiro raio frio da lua que surgisse após sua morte. Aubrey ficou surpreso e, levando consigo vários dos homens, decidiu ir até lá e enterrá-lo no local onde estava. Mas, quando ele subiu ao cume, não encontrou nenhum vestígio do cadáver ou das roupas, embora os ladrões jurassem que estavam mostrando a ele a rocha onde haviam deixado o corpo. Por um tempo sua mente ficou confusa com conjecturas, mas ele finalmente voltou, convencido de que eles haviam enterrado o cadáver e roubado suas roupas.

Cansado de um país no qual havia enfrentado tantas desgraças terríveis e no qual todos aparentemente conspiravam para aumentar aquela melancolia supersticiosa que se apoderava de sua mente, ele resolveu deixá-lo e logo chegou a Esmirna. Enquanto esperava por um navio que o levasse a Otranto ou a Nápoles, ele se ocupou organizando os pertences de Lord Ruthven que levava consigo. Entre outras coisas, havia um estojo contendo várias armas, algumas mais mortais do que outras. Havia várias adagas e iatagãs. Enquanto examinava suas formas curiosas, como foi surpreendente quando encontrou uma bainha aparentemente ornamentada no mesmo estilo da adaga descoberta na cabana fatídica. Ele estremeceu. Apressando-se para obter mais provas, ele encontrou a arma, e é possível imaginar o horror que sentiu quando descobriu que se encaixava perfeitamente na bainha que segurava em sua mão. Seus olhos pareciam não precisar de mais certezas. Pareciam estar presos ao punhal; ainda assim ele não queria acreditar. Mas a forma tão peculiar, as mesmas variações de tonalidades no cabo e na bainha conferindo a ambas o mesmo esplendor, não deixavam espaço para dúvidas. Além disso, havia gotas de sangue nas duas peças.

Ele deixou Esmirna e, a caminho de casa, em Roma, suas primeiras investigações foram a respeito da senhora que conseguira salvar das artes sedutoras de Lorde Ruthven. Seus pais estavam em perigo, sua fortuna arruinada, e eles não tinham notícias dela desde a partida do Lord. A sanidade de Aubrey estava por um fio depois de tantos horrores. Ele temia que essa senhora tivesse sido vítima do destruidor da vida de Ianthe. Ficou apático e silencioso; e sua única reação consistia em apressar os cocheiros, como se fosse salvar a vida de alguém que amava. Ele chegou a Calais; e uma brisa que parecia obediente à sua vontade logo o levou às costas inglesas; e ele correu para a mansão de seus pais e lá, por um momento, pareceu perder, nos abraços e carícias de sua irmã, toda a lembrança do passado. Se ela antes, por suas carícias infantis, havia conquistado seu afeto, agora que a mulher começava a aparecer, ele se sentia ainda mais apegado à sua companheira.

A senhorita Aubrey não tinha aquela graça que atrai o olhar e o aplauso dos salões de festas. Não havia nada daquele brilho leve que só existe na atmosfera aquecida de uma casa lotada. Seus olhos azuis ainda não haviam sido iluminados pela leviandade de sua mente. Havia um encanto melancólico neles que não parecia surgir de um infortúnio, mas de algum sentimento profundo, que parecia indicar uma alma consciente de um reino mais brilhante. Seus passos não eram tão leves que desviassem, atraídos por uma borboleta ou uma cor que se apresentasse — eram calmos e pensados. Quando sozinha, seu rosto nunca fora iluminado pelo sorriso de alegria; mas quando seu irmão lhe soprava seu afeto, e na presença dela ele se esquecia daquelas dores que ela sabia que tiravam sua paz de espírito, quem teria trocado o sorriso dela pelos encantos das voluptuosas? Parecia que aqueles olhos e aquele rosto brincavam, irradiando luz própria. Ela tinha apenas dezoito anos e não fora apresentada ao mundo, tendo sido considerado por seus tutores mais adequado que sua apresentação fosse adiada até o retorno de seu irmão do continente, quando ele poderia ser seu protetor. Resolveu-se agora, portanto, que no próximo baile, que se aproximava rapidamente, seria o momento de sua entrada na vida social. Aubrey preferia ter permanecido na mansão de seus pais cultuando a melancolia que o dominava. Ele não conseguia se interessar pelas frivolidades de estranhos afetados quando sua mente estava tão dilacerada pelos acontecimentos que testemunhara; mas decidiu sacrificar seu próprio conforto para a proteção de sua irmã. Eles logo chegaram à cidade e se prepararam para o dia seguinte, quando aconteceria o baile.

O número de convidados era grande — não acontecia uma festa há muito tempo, e todos os que estavam ansiosos para se deleitarem com o sorriso da realeza apressaram-se para lá. Aubrey estava lá com sua irmã. Enquanto ele estava parado em um canto sozinho, sem se importar com tudo ao seu redor, preocupado com a lembrança de que a primeira vez que ele viu Lord Ruthven fora naquele mesmo lugar — ele se sentiu repentinamente agarrado pelo braço, e uma voz que ele reconheceu muito bem soou em seu ouvido:

— Lembre-se de seu juramento.

Mal teve coragem de se virar, temeroso de ver um espectro que o fulminaria, quando percebeu, a uma pequena distância, a mesma figura que o chamara a atenção naquele local logo em sua primeira entrada na sociedade. Ele ficou olhando até seus membros quase se recusarem a suportar o peso e então foi obrigado a segurar o braço de um amigo e, forçando uma passagem no meio da multidão, atirou-se na carruagem e foi levado para casa. Andou de um lado para outro na sala, com passadas rápidas, levando as mãos à cabeça, como se temesse que seus pensamentos fossem explodir seu cérebro. Lord Ruthven novamente diante dele... as imagens se precipitavam diante dele em um arranjo macabro: a adaga... o juramento. Ele se levantou, não podia acreditar que era possível... o morto ressuscitou! Achou que sua imaginação tinha evocado a imagem que lhe oprimia a mente. Era impossível que pudesse ser real. Decidiu, portanto, voltar a frequentar a sociedade, para perguntar sobre Lord Ruthven, embora o nome se pendurasse em seus lábios e ele não conseguisse obter informações. Algumas noites depois, ele foi com sua irmã a uma reunião na casa de um parente próximo. Deixando-a sob a proteção de uma senhora, ele se retirou para um aposento e lá se entregou aos próprios pensamentos vorazes. Percebendo, por fim, que muitos iam embora, levantou-se e, entrando em outra sala, encontrou a irmã rodeada por várias pessoas, aparentemente em uma conversa animada. Tentou passar e chegar perto dela, quando uma pessoa, a quem ele pediu licença para passar, se virou e lhe revelou aquelas características que ele mais abominava. Ele saltou para a frente, agarrou o braço da irmã e, com passo apressado, empurrou-a para a rua. Quando chegaram à porta viu-se impedido de prosseguir pela multidão de criados que aguardava os seus senhores; e enquanto ele estava empenhado em passar por eles, ouviu novamente aquela voz sussurrar perto dele:

— Lembre-se de seu juramento!

Ele não ousou se virar, mas, apressando sua irmã, logo chegou em casa.

Aubrey foi ficando cada mais dispero. Se antes sua mente já ficava obcecada por determinado assunto, quanto mais agora que a certeza de que o monstro ainda vivia não abandonava seus pensamentos. As atenções de sua irmã agora eram ignoradas, e foi em vão que ela o implorou para que lhe explicasse o que havia causado uma mudança tão repentina em sua conduta. Ele apenas pronunciou algumas palavras, e elas a aterrorizaram. Quanto mais ele pensava, mais ficava confuso. Seu juramento o assustou. Deveria ele então permitir que este monstro vagasse, trazendo a ruína entre as pessoas, em meio a tudo que ele amava, e não fazer nada para detê-lo? Sua própria irmã pode ter sido tocada por ele. Mas mesmo se ele quebrasse seu juramento e revelasse suas suspeitas, quem acreditaria nele? Pensou em usar suas próprias mãos para libertar o mundo de tal desgraça; mas a morte, lembrou ele, já havia sido desmoralizada. Por dias ele permaneceu neste estado; fechado em seu quarto, não viu ninguém e só comeu quando veio sua irmã, que, com os olhos marejados de lágrimas, rogou-lhe, por amor a ela, que comesse, caso contrário morreria. Por fim, incapaz de suportar a quietude e a solidão, saiu de casa, vagando de rua em rua, ansioso para afugentar aquela imagem que o perseguia. Tornou-se negligente com suas vestes e vagou, ora exposto ao sol do meio-dia ora à umidade da meia-noite. Ele não era mais reconhecido; a princípio voltava à noite para a casa; mas, por fim, deitava-se para descansar onde quer que o cansaço o dominasse. Sua irmã, preocupada com sua segurança, contratou pessoas para segui-lo; mas eles logo foram deixados para trás, já que ele fugia de um perseguidor mais rápido do que qualquer pessoa viva: o pensamento. Sua conduta, entretanto, mudou repentinamente. Preocupado com a ideia de ter deixado, através de sua ausência, todos os seus amigos com um demônio entre eles, de cuja presença eles não tinham consciência, decidiu voltar para a sociedade e observá-lo de perto, ansioso para prevenir todos aqueles de quem o Lord Ruthven se aproximasse, apesar de seu juramento. Mas quando entrava em uma sala, sua aparência abatida e desconfiada era tão impressionante, seus estremecimentos internos tão visíveis, que sua irmã foi finalmente obrigada a implorar que ele se abstivesse de buscar, por causa dela, uma sociedade que o afetava tão fortemente. Quando, no entanto, o protesto provou ser inútil, os guardiões julgaram apropriado intervir, e, temendo que sua mente estivesse se tornando alienada, eles acharam que era hora de reassumir aquela confiança que havia sido anteriormente imposta a eles pelos pais de Aubrey.

Desejosos de salvá-lo dos ferimentos e sofrimentos que ele encontrava diariamente em suas andanças e de impedi-lo de expor aos olhos públicos aquelas marcas do que eles consideravam loucura, eles contrataram um médico para residir na casa e cuidar constantemente dele. Ele mal pareceu notar, com a mente totalmente absorta em um assunto terrível. Sua incoerência tornou-se afinal tão grande que ele foi confinado em seu quarto. Lá ele frequentemente ficava dias, incapaz de ser despertado. Ele havia ficado esquelético, seus olhos tinham adquirido um brilho vítreo; o único sinal de afeto e lembrança remanescente se manifestava com a entrada de sua irmã no quarto; então ele às vezes se sobressaltava e, agarrando-lhe as mãos, com olhares que a afligiam severamente, pedia para que ela não chegasse perto dele.

— Ah, não toque nele. Se tem amor por mim, não chegue perto dele!

Quando, no entanto, ela perguntava a quem ele se referia, sua única resposta era:

— É verdade! É verdade!

E novamente ele se afundava em um estado de onde nem mesmo ela poderia despertá-lo. Isso durou muitos meses. Gradualmente, porém, com o passar do ano, suas incoerências se tornaram menos frequentes, e sua mente jogou fora uma parte de sua escuridão, enquanto seus guardiões observavam que várias vezes durante o dia ele contava nos dedos um número definido e, em seguida, sorria.

O prazo já estava quase no fim, quando, no último dia do ano, um de seus tutores entrando em seu quarto começou a conversar com o médico sobre como era triste a situação de Aubrey ao estar em tão terrível situação bem quando sua irmã se casaria no dia seguinte. Instantaneamente, a atenção de Aubrey foi atraída; ele perguntou ansiosamente com quem ela se casaria. Contentes com essa demonstração de recuperação de consciência, da qual temiam que ele tivesse sido privado, mencionaram o nome do conde de Marsden. Pensando que se tratava de um jovem conde com quem se encontrara na sociedade, Aubrey parecia satisfeito e os surpreendeu ainda mais por expressar sua intenção de estar presente nas núpcias e desejar ver sua irmã. Eles não responderam, mas em poucos minutos a irmã estava com ele. Ele era aparentemente novamente capaz de ser afetado pela influência de seu adorável sorriso; pois ele a apertou contra o peito e beijou sua bochecha, molhada de lágrimas, que escorriam ao perceber que seu irmão estava mais uma vez vivo e demonstrando afeto. Ele começou a falar com toda a amorosidade de sempre e a felicitá-la por seu casamento com uma pessoa tão distinta por sua posição e por todas as suas realizações; quando de repente percebeu um medalhão em seu peito; abrindo, quão surpreendente foi ver as feições do monstro que destruíra sua vida. Ele agarrou o retrato em um tremor raivoso e pisou nele. Quando a irmã lhe perguntou por que ele destruiu assim a imagem de seu futuro marido, ele parecia não a entender. Então, agarrando suas mãos e olhando para ela com uma expressão frenética, ele a pediu para jurar que nunca se casaria com aquele monstro, pois ele... Mas ele não podia falar mais nada. Parecia que aquela voz novamente o mandava lembrar de seu juramento. Ele se virou de repente, pensando que Lord Ruthven estava perto dele, mas não viu ninguém. Nesse ínterim, os guardiões e o médico, que ouviram tudo e pensaram que isso era apenas um retorno de seu distúrbio, entraram e, forçando-o a se afastar da senhorita Aubrey, pediram para que ela o deixasse. Ele caiu de joelhos diante deles, implorou, implorou para que esperassem apenas um dia. Eles, atribuindo isso à insanidade que imaginavam ter tomado posse de sua mente, se esforçaram para acalmá-lo e se retiraram.

Lord Ruthven havia visitado a casa no dia seguinte ao da última recepção a que Aubrey comparecera, pedindo para vê-lo, mas foi impedido de fazê-lo, assim como todos os amigos do rapaz. Quando soube da doença de Aubrey, ele prontamente entendeu que era a causa dela; mas quando soube que era considerado louco, sua exultação e prazer dificilmente puderam ser ocultados daqueles entre os quais ele havia obtido essa informação. Ele correu para a casa de seu ex-companheiro de viagem e, com sua presença constante e a pretensão de grande afeto pelo irmão e interesse em seu destino, aos poucos, conquistou a atenção da senhorita Aubrey. Quem poderia resistir ao seu poder? Sua língua tinha perigos e truques; podia falar de um jeito que era como se não tivesse simpatia por nenhuma pessoa na Terra, que era muito povoada, a não ser por aquela que o escutava. Podia dizer como, desde que a conhecera, a vida finalmente parecia valer a pena, mesmo se fosse apenas para ouvir suas palavras reconfortantes. Enfim, ele sabia tão bem como usar a arte da serpente, ou tal era a vontade do destino, que conquistou seu afeto. Recebendo por herança o título de um antigo ramo familiar, ele obteve uma embaixada importante, que serviu de justificativa para apressar o casamento (apesar do estado de perturbação do irmão dela), que aconteceria um dia antes de sua partida para o continente.

Aubrey, quando foi deixado pelo médico e seus tutores, tentou subornar os criados, mas em vão. Ele pediu caneta e papel; foi dado a ele; ele escreveu uma carta para a irmã, pedindo-lhe que, se desse valor à sua própria felicidade, sua honra e à honra daqueles que agora estão no túmulo, que uma vez a seguraram em seus braços e a tinham como esperança, para atrasar, por algumas horas esse casamento, sobre o qual pesavam as mais trágicas maldições. Os criados prometeram que entregariam a carta a ela; mas entregaram ao médico, que achou melhor não atormentar mais a cabeça da senhorita Aubrey com, o que ele considerava, os delírios de um maníaco. A noite passou sem descanso para os ocupados moradores da casa; e Aubrey ouviu, com um horror que é mais fácil de se imaginar do que descrever, o barulho dos preparativos. A manhã chegou, e o som de carruagens penctrou em seus ouvidos. Aubrey ficou quase frenético. A curiosidade dos criados finalmente venceu a obrigação de vigiá-lo, eles foram se afastando aos poucos, deixando-o sob a custódia de uma idosa indefesa. Ele aproveitou a oportunidade, com um salto saiu pelo corredor e rapidamente se viu no salão onde todos estavam quase reunidos. Lord Ruthven foi o primeiro a perceber sua presença. Aproximou-se imediatamente e, agarrando-o pelo braço à força, apressou-se a sair da sala, mudo de raiva. Quando estava na escada, Lord Ruthven sussurrou em seu ouvido:

— Lembre-se de seu juramento e saiba que, se não for minha noiva hoje, sua irmã será desonrada. As mulheres são frágeis!

Dizendo isso, empurrou-o na direção de seus acompanhantes, que chamados pela idosa vieram em busca dele. Aubrey não conseguia mais se sustentar; sua raiva, não encontrando escape, rompeu um vaso sanguíneo e ele foi levado para a cama. Isso não foi mencionado à irmã, que não estava presente quando ele entrou, pois o médico tinha medo de agitá-la. O casamento foi solenizado, e a noiva e o noivo deixaram Londres.

A fraqueza de Aubrey aumentou; a hemorragia interna produzia sintomas de quase morte. Ele desejava que os tutores de sua irmã pudessem ser chamados e, quando soou a meia-noite, ele relatou com seriedade a história que o leitor conhece. Ele morreu imediatamente depois.

Os guardiões se apressaram em proteger a Srta. Aubrey; mas quando eles chegaram, era tarde demais. Lord Ruthven tinha desaparecido, e a irmã de Aubrey tinha saciado a sede de um VAMPIRO!

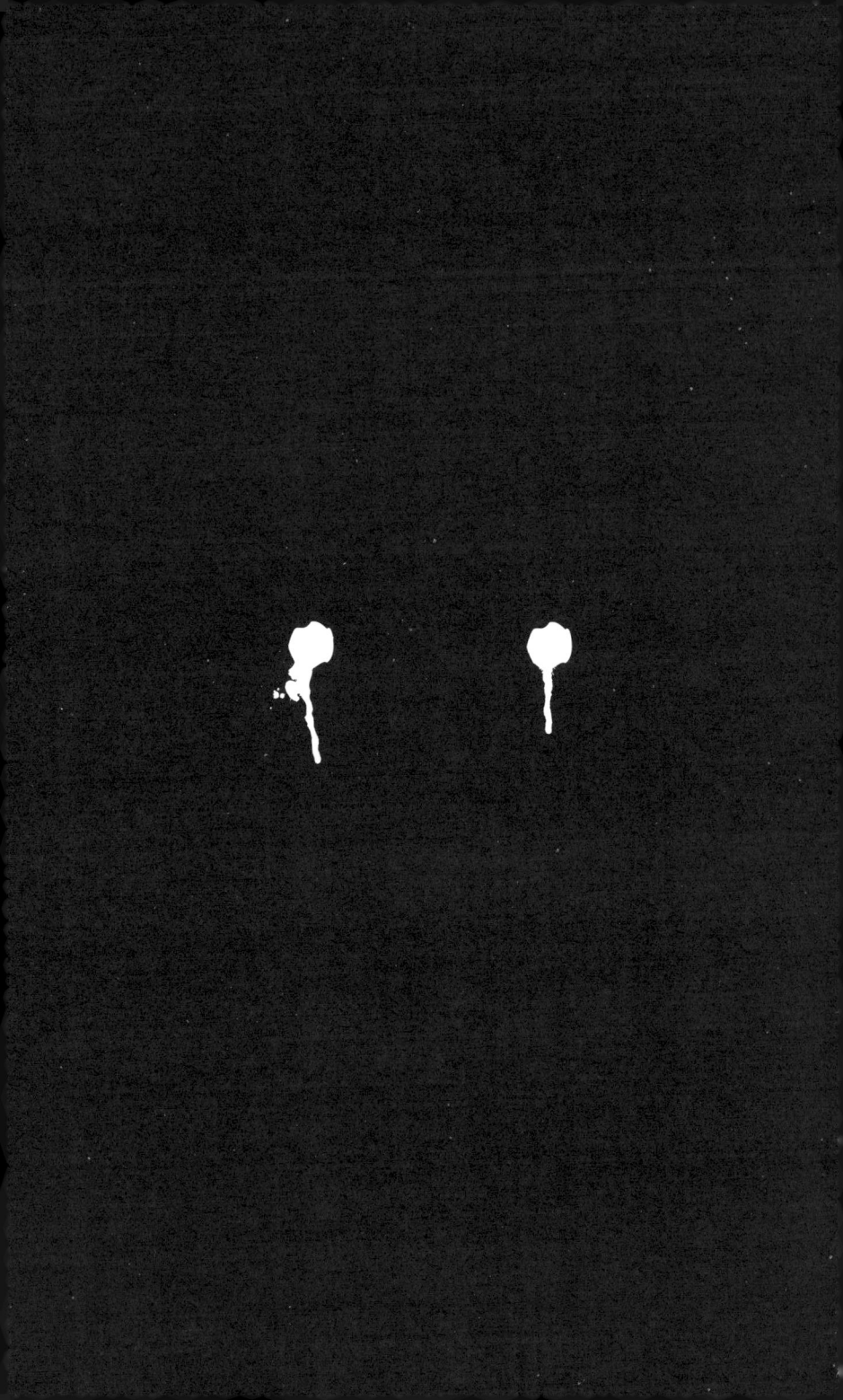

Excerto de uma carta, contendo um relato sobre a residência do Lord Byron na Ilha de Mitylene

---

RELATO SOBRE A RESIDÊNCIA DE LORD BYRON NA ILHA DE MITYLENE.

"O mundo estava todo diante dele, onde escolher seu lugar de descanso, e a Providência seu guia."

Ao navegar pelo Arquipélago Grego, a bordo de uma das naus de sua majestade, no ano de 1812, desembarcamos no porto de Mitylene, na ilha com esse nome. A beleza deste lugar, e o suprimento de gado e vegetais que é sempre certo existir por lá, induzem muitos navios britânicos a visitá-la — tanto homens de guerra quanto mercadores; e embora esteja bastante fora do caminho para os navios com destino a Esmirna, suas generosidades recompensam amplamente o desvio de uma viagem. Nós atracamos; como de costume, no fundo da baía, e enquanto os homens eram contratados para trabalhar nas plantações e o comissário negociava o gado com os nativos, o clérigo e eu demos um passeio até a caverna chamada Escola de Homero e outros lugares que já tínhamos visitado antes. No cume do Monte Ida (um pequeno montículo assim chamado), encontramos e contratamos um jovem grego como nosso guia, que nos disse ter vindo de Scio com um lorde inglês, que deixara a ilha quatro dias antes de nossa chegada em sua feluca.

— Ele me contratou como piloto — disse o grego — e teria me levado com ele; mas eu não quis deixar Mitilene, onde provavelmente me casarei. Ele era um homem estranho, mas muito bom. A cabana na colina, de frente para o rio, pertence a ele, e ele deixou um velho encarregado dela. Ele deu a Dominick, o comerciante de vinhos, seiscentos zechines por ela (cerca de 250 moedas inglesas) e morou lá por cerca de quatorze meses, embora tenha saído para navegar em sua feluca com bastante frequência, visitando as diferentes ilhas.

Esse relato atiçou bastante nossa curiosidade, e não perdemos tempo em nos apressarmos para a casa onde nosso conterrâneo havia residido. Fomos gentilmente recebidos por um senhor idoso que nos conduziu pela mansão. Consistia em quatro cômodos no térreo — um hall de entrada, uma sala de estar, uma sala de jantar e um quarto, com um *closet* anexo. Eles eram todos decorados de forma simples. Eram paredes lisas manchadas de verde, mesas de mármore em cada canto, uma grande murta no centro e uma pequena fonte embaixo, que poderia ser usada para brincar entre os galhos movendo uma mola fixada na lateral de um pequena Vênus de bronze em uma postura inclinada; um grande sofá completava a mobília. No corredor havia meia dúzia de cadeiras de vime inglesas e uma estante vazia. Não havia espelhos, nem um único quadro. O quarto tinha apenas um grande colchão estendido no chão, com duas mantas de algodão estofadas e um travesseiro. A cama era do tipo comum em toda a Grécia. Na sala observamos um recuo de mármore, outrora, disse-nos o velho, cheio de livros e papéis, que agora estavam dentro de um grande baú no armário. O baú estava aberto, mas não nos julgamos autorizados a examinar seu conteúdo. Na tabuleta do recuo havia obras de Voltaire, Shakespeare, Boileau e Rousseau completas; *As ruínas*, ou *Meditação sobre as revoluções dos impérios,* de Volney; Zimmerman, na língua alemã; *Messias* de Klopstock; Romances de Kotzebue; a peça *Os ladrões de Schiller*; *Paraíso perdido,* de Milton, uma edição italiana, impressa em Parma em 1810; vários pequenos panfletos da imprensa grega em Constantinopla, bastante rasgados, mas nenhum livro inglês de qualquer descrição. A maioria desses livros estava repleta de notas nas laterais, escritas a lápis, em italiano e latim. O *Messias* foi literalmente rabiscado por toda parte e marcado com tiras de papel, nas quais também havia comentários.

O velho senhor disse:

— O lorde estava lendo estes livros na noite antes de partir e esqueceu de colocá-los com os outros; mas — disse ele —, lá eles devem ficar até seu retorno, pois ele é tão meticuloso, que se eu mudasse alguma coisa de lugar, ele me repreenderia por uma semana. Mas ele é muito bom. Certa vez, fiz-lhe um serviço; e tenho a produção desta fazenda toda para mim apenas por cuidar dela, gasto só vinte zechines, que pago a um armênio idoso que mora em uma pequena cabana na floresta e que o senhor trouxe de Adrianópolis; não sei por que motivo.

A aparência externa da casa era agradável. O pórtico da frente tinha cinquenta passos de comprimento e quatorze de largura, e os pilares de mármore canelado com pedestais pretos e cornijas (como é agora costume na arquitetura grega) eram consideravelmente mais altos do que o telhado. O telhado, rodeado por uma leve balaustrada de pedra, era coberto por um fino tapete turco, sob um toldo de linho resistente e áspero. A maioria dos topos das casas é assim, pois neles os gregos passam as noites fumando, bebendo vinhos leves, como *lachryma christi*, comendo frutas e desfrutando da brisa noturna.

À esquerda, quando entramos na casa, um pequeno riacho corria para longe, uvas, laranjas e limas se aglomeravam em suas bordas e, sob a sombra de dois grandes arbustos de murta, foi colocado um assento de mármore com um encosto de madeira ornamental, no qual, pelo que nos foi dito, o senhor passava muitas de suas tardes e noites até o meio-dia, lendo, escrevendo e conversando consigo mesmo.

— Suponho — disse o velho —, que ficava orando porque era muito devoto, e sempre ia à nossa igreja duas vezes por semana, exceto aos domingos.

A vista desse assento era o que pode ser denominado "vista aérea". Uma linha de vinhedos ricos conduzia o olhar ao Monte Calcla, coberto de oliveiras e murtas em flor, e no topo do qual um antigo templo grego aparece em majestosa decadência. Um pequeno riacho que saía das ruínas descia em cascatas quebradas, até se perder na mata perto da base da montanha. O mar liso como vidro e um horizonte sem sombra de uma única nuvem encerravam a vista à frente; e um pouco à esquerda, através de uma vista de imponentes castanheiros e palmeiras, várias pequenas ilhas foram observadas distintamente, salpicando a onda azul-claro com manchas de verde-esmeralda. Raramente desfrutei de uma vista mais bela do que esta; mas nossas indagações foram infrutíferas quanto ao nome da pessoa que residia nessa solidão romântica. Ninguém sabia seu nome, exceto Dominick, seu banqueiro, que fora para Candia.

— O armênio — disse nosso guia — poderia dizer, mas tenho certeza de que não dirá.

— E você não pode dizer, amigo? — perguntei.

— Mesmo que eu pudesse — disse ele —, não ousaria.

Não tivemos tempo de visitar o armênio, mas em nosso retorno à cidade descobrimos vários detalhes sobre o cavalheiro isolado. Ele compartilhou da companhia de oito meninas quando esteve na ilha pela última vez e até dançou com elas na festa nupcial. Ele deu uma vaca para um homem, cavalos para outros e algodão e seda para as meninas que vivem da tecelagem desses artigos. Ele também comprou um barco novo para um pescador que havia perdido o seu em um vendaval e frequentemente dava

Testamentos Gregos para as crianças pobres. Em suma, ele parecia para nós, de tudo que coletamos, ter sido um personagem muito excêntrico e benevolente. Soubemos por meio de uma maneira que nosso velho amigo da cabana achou que não tinha problema nos revelar. Ele tinha uma filha lindíssima, com quem o senhor era frequentemente visto caminhando na praia, e comprou para ela um piano e ensinou-a a tocar.

Essa foi a informação com a qual partimos da pacífica ilha de Mitylene; com nossa imaginação a toda, imaginando quem poderia ser esse errante na Grécia. Ele tinha dinheiro, era evidente: ele tinha bens dos quais dispor e todas aquelas excentricidades que marcam um gênio peculiar. Ao chegarmos a Palermo, todas as nossas dúvidas foram dissipadas. Estivemos na companhia do Sr. Foster, o arquiteto, aluno da WYATT'S, que tinha viajado pelo Egito e pela Grécia.

— O indivíduo — disse ele — sobre quem vocês tanto querem saber é Lord Byron; eu o conheci na minha viagem à ilha de Tenedos e também o visitei em Mitylene.

Nunca tínhamos ouvido falar da fama de sua senhoria, visto que tínhamos estado alguns anos longe de casa; mas ao ter *Childe Harold* em nossas mãos reconhecíamos o recluso de Calcla em cada página. Lamentamos profundamente não termos sido mais curiosos em nossa pesquisa no chalé, mas nos consolamos com a ideia de retornar a Mitylene algum dia no futuro; embora eu ache que este dia jamais chegará. Faço esta declaração não porque o lugar não seja interessante, e em justiça ao bom nome de sua senhoria, que foi grosseiramente caluniado. Ele foi descrito como uma pessoa insensível, avessa a se associar à natureza humana ou contribuir de alguma forma para acalmar suas tristezas ou aumentar seus prazeres. O fato é exatamente o oposto, como pode ser claramente deduzido dessas pequenas anedotas. Todos os melhores sentimentos do coração, tão elegantemente descritos nos poemas de sua senhoria, parecem ter seu lugar em seu seio.

Ternura, simpatia e caridade parecem guiar todas as suas ações. E seu cortejo ao repouso da solidão é uma razão adicional para marcá-lo como um ser em cujo coração a religião colocou seu selo e sobre cuja cabeça a benevolência lançou seu manto. Nenhum homem pode ler os agradáveis "traços" anteriores sem se sentir orgulhoso dele como um compatriota. Com respeito a seus amores ou prazeres, não assumo o direito de opinar. Os relatórios devem ser sempre recebidos com cautela, especialmente quando dirigidos contra a integridade moral do homem; e aquele que ousa justificar-se diante daquele terrível tribunal onde todos devem comparecer só pode censurar os erros de um semelhante mortal. O personagem de Lord Byron é digno de seu gênio. Fazer o bem em segredo e evitar os aplausos do mundo é o testemunho mais seguro de um coração virtuoso e de uma consciência que aprova.

FIM

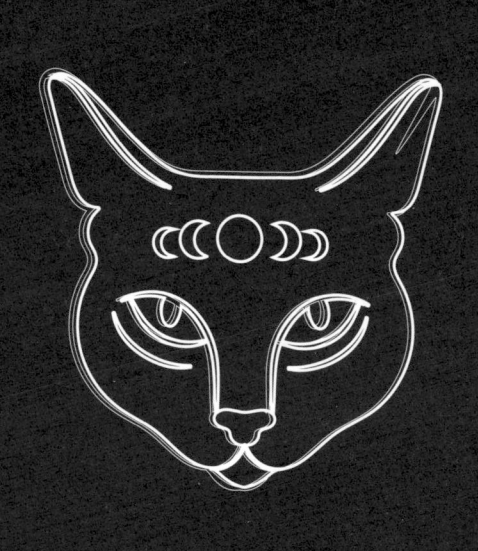

**Informações sobre nossas publicações
e nossos últimos lançamentos**

🌐 editorapandorga.com.br

📷 @pandorgaeditora

f /pandorgaeditora

✉ sac@editorapandorga.com.br

PandorgA